U0408881

壮美生命

情豹布哈依

Magnificent Life

The Soulful Leopard

沈石溪 / 著

北京理工大学出版社
BEIJING INSTITUTE OF TECHNOLOGY PRESS

沈石溪，中国著名的“动物小说大王”，祖籍浙江慈溪，1952年生于上海。1969年初中毕业后，赴云南西双版纳插队，在云南生活了整整36年。

长年的云南边疆生活犹如一把金钥匙，开启了他动物小说的写作天赋。在他笔下，动物世界是与人类世界平行的一个有血有泪的世界。他的动物小说充满哲理、风格独特，曾荣获“全国优秀儿童文学奖”“冰心儿童图书奖”“陈伯吹儿童文学奖”“台湾杨唤儿童文学奖”等四十多个奖项。

他的作品曾多次入选中小学新课程标准教材，成为阅读教学的精读范本，影响着新一代的读者，并被译成英、法、日、韩等多国文字，享誉全世界。

“我喜欢重彩浓墨描绘另类生命，
我孜孜不倦地朝这个方向努力。”

为致敬生命而写作

为生命而写作，这话我在很早之前便已经说过。

在作为一名动物小说作家的创作生涯中，我从未担心过我的写作题材会受限，我的创作灵感会枯竭；因为我知道，就生命这一写作对象来说，动物世界其实是一个比人类社会更加广阔、更有可为的领域。这两者就好比是外太空与地球的关系，人类社会的题材固然恢宏，地球尽管庞大，但放眼于整个动物界与自然界，放眼于大气层外的宇宙空间，孰大孰小，狭窄与宽泛、有限与丰富的区别，还是一目了然的。

但是，我并不想让读者们因此觉得，我所写的生命就仅仅是动物的生命；相反我相信，每一位动物小说作家笔下的生命，与每一位人类小说——写动物的称为动物小说，写人类的为何不能称作人类小说？——作家笔下的生命，其实是同一种由无差别的精神内核驱动的、没有食物链上下与进化尊卑之分的东西。我们想一想，蒲松龄老先生笔下的“禽兽之变诈几何哉，止增笑耳”，难道只是在嘲笑狼的小聪明吗？同样，再读杰克·伦敦《野性的呼唤》，我们又岂能说那只是一条向往着野性的狗，而不是一个渴望着自由的生命呢？所以，我在三十几年的创作历程中，一直拿一句话作为自己的座右铭，那就是，人类绝不可以俯视动物。

人类绝不可以俯视动物，也就是说，人类在从动物身上观察它们的生命的时候，或者像我这样，需要把它们的生命描写出来的时候，一定要把自己放在跟观察对象、描写对象齐平的高度上，就像《热爱生命》里面的那一个人、一只狼一样，面对面地看着对方，看谁先倒下去。也只有如此，我们才能发现生命在动物世界里所展现出来的每一个维度，还有每一个维度中所承载的内容，就是它们的生命所焕发出来的温度与主题。

这样的维度可以有很多，比如它们的繁衍、它们的生存、它们的社交、它们的组织、它们的野性、它们的情感等，也正因为这样，动物的生命中才蕴含着同人类生命一样无限而丰富的主题。比如，在一条大鱼身上也存在着令人动容的母爱（《大鱼之道》），一条蟒蛇也可以是尽职尽责的保姆（《保姆蟒》），一往情深的公豹最后一次为妻子狩猎（《情豹布哈依》），不服输的鸡王拼死战斗到喋血一刻（《鸡王》），临产在即的母狼接受动物学家作为丈夫（《狼妻》），善良的崖羊令凶暴的藏獒性情大变（《藏獒渡魂》）……如此种种，令我们在最广阔的生命定义中看到了无穷无尽的可能，让我们不得不承认，每种动物都有千般故事，每个生命都是一段传奇。

所以，为生命而写作，如果这话讲得再明白一些，就是向生命致敬，褒奖它的升华，讴歌它的荣耀，赞美它的牺牲，肯定它的死亡，让生命在保有其优美感的同时，也获得它应有的崇高感。

这便是本套“致敬生命书系”分为六大主题、全新结集出版的目标。在我熟悉的动物的世界里，我写过它们悲怆的母爱，写过它们深挚的情义，写过它们绝妙的智慧，写过它们豪迈的王者，写过它们壮美的生命，写过它们传奇的野性……过往的许多年间，我的绝大部分作品都是以时间轴为出版顺序的，写到哪儿出到哪儿，推陈出新，陈陈相因，以至于有许多读者朋友会问我：沈老师，这么多年，你写了这么多书，究竟写了什么？是的，我要向大家回答清楚这个问题才行——

那么，这套书算是一个答案与交代了。

2018年12月10日

目　录

1 睡蟒边的雪兔

SHUIMANG BIAN DE XUETU

动物园里饲养的野生动物，并非个个都像大象犀牛那样属于珍稀类，也并非每种动物都像老虎豹子那样身价金贵。就像股票市场，既有价格很高的蓝筹股，也有相当便宜的粪草股。例如雪兔，购进时价格低廉，观赏性差，得不到员工的重视，被看作是一种点缀，可有可无的展览品种。

昆明圆通山动物园大前年用一只雌白鹇鸟从北京动物园换回四对雪兔，关养在一间十几平方米的笼舍内。

雪兔的夏毛为浅棕色，冬毛变换为白色，耳尖镶了一圈黑毛，除此之外，其他生理特征与家兔大同小异。雪兔是一种繁殖效率很高的动物，一年产三到四窝，每窝三只兔崽，幼兔长到八个月后即可配种。在动物园里，既没有天敌袭扰，又没有疾病侵害，雪兔家族呈几何级数地增长，滚雪球般地壮大。仅仅两年的时间，就发展到一百多只，小小的笼舍兔满为患。雪兔虽然也被列为国家二级保护动物，但价值不大，养得多了，纯粹浪费饲料，增加动物园的财政赤字。于是，动物园管理员便挑一些年老体弱的雪兔，投喂其他食肉类动物，一来可以减轻兔舍拥挤不堪的状况，二来也能降低其他食肉兽的喂养成本。

离兔舍约五六十米远，有一间三十来平方米的玻璃笼舍，里头养着一条蟒蛇。这是一条黑尾蟒，身上有黑色云状斑纹，腹围足有六十厘米，身长达六米。蟒蛇天生是聋子，靠鲜红的叉形蛇信子一伸一缩来嗅闻气味和感觉四周的动静，它爱吃活物，不然就会拒食。

正好，可以用多余的雪兔来喂这条珍贵的黑尾蟒。

成年雪兔每只重七八斤，刚好够这条大蟒蛇饱餐一顿。

动物进食规律各不相同，蚕短暂的一生大部分时间都在吃桑叶，鼠类一天要吃十几顿，大部分灵长类动物一天至少要进食两到三次，豺狼虎豹一天吃一次差不多就够了。而蟒蛇却很特别，饱餐一顿后，可以十天左右不吃不喝，缠绕在树枝或盘踞在草地上睡大觉。

员工为了省事，一般都事先将雪兔扔进蟒舍，等黑尾蟒睡醒后觉得肚子饿了，好随时吞食。

也就是说，被扔进蟒舍的雪兔，多则十天，少则三五天，要在睡蟒身边生活。打个不恰当的比喻，这些被当作蟒蛇饲料的雪兔，自打进入蟒舍那一刻起，其实就是被判处了死刑，无非是早几天执行或晚几天执行的区别。

陆陆续续已经有二十来只雪兔葬身蟒腹了。我注意观察了一下，大部分雪兔被扔进蟒舍后，一闻到蟒蛇的腥味，一看到没有眼睑因此睡觉也不会闭拢的两只冷凝的蛇眼，便吓得魂飞魄散。雪兔们先是乱蹦乱跳，继而沿着玻璃墙壁撒腿狂奔，企图逃离危险。这当然是徒劳的。一会儿，这些倒霉的雪兔就筋疲力尽，口吐白沫瘫倒在地。它们终于明白，自己纵然有天大的本事，也休想从这透明的玻璃蟒舍逃出去。没有任何上诉的可能，死刑已被终审判决。它们往往蜷缩在离睡蟒最远的一个角落里，一双惊恐不安的兔眼盯着睡蟒，睡蟒伸个懒腰或调整一下姿势，它们的脑袋就拼命往草丛里钻，浑身觳觫，表现出死囚犯被押赴刑场前的垂死挣扎状。它们几乎不吃不喝，也不睡觉，三两天后，便奄奄一息。有的还没等睡蟒醒来去吃它们，便已衰竭倒毙。我亲眼看见好几次黑尾蟒进食时的情景，根本不用追捕，也不必像在野外那样劳心费神地先用长长的蛇身将猎物缠住勒死，而只消甩动尾巴打着哈欠悠闲地游过去，就可以轻松地将雪兔咬住并吞咽进肚。

这是死囚犯普遍的精神状态。当黑色的死亡压迫着灵魂，便会产生一种沮丧和绝望的情绪。不愿意死却又不得不死，那滋味确实不好受。整个脑袋塞满了恐惧，已不知道饥饿和瞌睡。求生的意志一旦冷却到冰点，精神必然处于一种麻木状态，除了等死，无所作为。

也有几只雪兔被扔进蟒舍后，一反常态，整天埋头吃东西，吃完了员工喂的饲料，又吃草地上的青草，再啃蟒舍中央那根供黑尾蟒攀爬的一人高的树桩，嘴一刻也不停，好像饥饿了一百年，恨不得把全世界都吃进肚里去。再注意看这些反常雪兔的眼睛，呆滞迟钝，黯然无光，不会转动，死气沉沉。

这也是死囚犯典型的心理反应。看起来挺坚强，被判处了死刑，还大吃特吃，显得很无所谓的样子，其实，不过是在用饕餮的吃相掩盖空虚的心灵，是彻底绝望的另一种表现形式。它们抓住生命的最后一段时光，尽情享受生活。然而，等死的心情早已窒息了味觉，即使咽得进去，也味同嚼蜡。最后的晚餐，就算摆满了山珍海味，又有谁真正有食欲、感兴趣呢？

还有一只雪兔，进了蟒舍后，萎靡了两天，突然变得兴高采烈，蹦蹦跳跳在笼舍里捉蝴蝶。哦，那也许是因为高度的紧张、极度的恐惧导致它精神崩溃了。睡蟒醒来后，刚刚朝它张开巨嘴，它便稀里糊涂跳过去，一头扎进黑洞洞的蟒嘴。这倒好，舍身喂蟒，自投罗网，让黑尾蟒吃起来更轻松，更省事。

我想，生命是脆弱的，弱小的生灵尤其如此，当面对死亡，弱者的心态暴露无遗。

可有一天，当一只耳朵特别大——姑且称它为大耳朵——的母兔被扔进蟒舍后，却出现了让我终生难忘的惊心动魄的情景，改变了我对弱小生灵的看法，扭转了我对生命的理解。

大耳朵母兔刚被关进蟒舍时，同其他雪兔一样，惊慌失措，胡乱窜逃，寝食不安，缩在角落簌簌发抖。但第二天，它就显出与众不同来了。它小心翼翼地围着睡蟒转了两圈，凝思了片刻，便在水池边选了一块湿地，开始挖洞。它用前爪掘起土，后爪将土甩到身后，动作协调，有条不紊，一看就知道，它已从最初的惊恐中恢复过来。雪兔有挖洞的本领，但并不高强，在野外时，一般都找寻现有的洞穴，或者借用穿山甲废弃的窝，修建改造一番，就算自己的兔巢。但要在坚硬的山土上打一个能躲避蟒蛇袭击的洞，谈何容易啊。大耳朵母兔除了进食睡觉，整天挖呀挖的，两天以后，才挖了三四十厘米深，刚钻得进半个身体。这时，睡蟒频频蠕动，发出即将醒来的信号。我深深为大耳朵母兔感到惋惜，它比起那些无所作为束手待毙的雪兔来，态度积极勇敢，主动接受命运的挑战，遗憾的是，老天爷给它的时间太短，蟒舍里的土质太硬，白白辛苦一场，到头来恐怕还是难逃其他雪兔的下场。

睡蟒醒了，昂起头，吞吐着鲜红的信子，左顾右盼。哦，它饿了，在找寻可口的食物呢。我再看大耳朵母兔，站在还没竣工的土洞旁，呆呆地望着渐渐向它游来的黑尾蟒，一动也不动。也许，是吓傻了吧，我想。

黑尾蟒扁扁的脑袋游到大耳朵母兔面前，懒洋洋地张开血腥味很浓的巨嘴，露出一寸多长的獠牙，咬将过来。蟒嘴眼瞅着就要罩住兔头了，突然，大耳朵母兔用力一跳，窜逃到黑尾蟒的背后去了。

黑尾蟒咬了个空，露出一副惊异的表情，怔怔地望着逃开的大耳朵母兔。对它来说，每次把嘴伸向雪兔，雪兔都早已吓得半死不活，不会动弹，吃起来十分轻松愉快，今天怎么搞的？它又扭头朝大耳朵母兔游去，这一次，它认真对待，爬到离目标还有一米远的时候，就停了下来，脖颈竖仰，尾巴猛地一甩，长方形的硕大的脑袋就像流星锤一样砸向目标。大耳朵母兔敏捷地一跃，又躲过了噬咬。蟒是无毒蛇，捕食时，噬咬威力有限，用又长又粗的身体去缠绕才是强项。按理说，黑尾蟒应该改噬咬为缠绕绞杀，但这家伙已习惯直接吞咽雪兔，仍固执地昂着脑袋去追撵噬咬大耳朵母兔。大耳朵母兔总是在蟒嘴即将落到自己身上的一瞬间，及时起跳躲避。黑尾蟒频频咬空，勃然大怒，这时才想起要改变战略战术，它碗口粗的身体在地上扭得像麻花，绳索似的朝目标套过去。大耳朵母兔在第一个圈圈套过来时，用力蹦跶，侥幸躲了过去，但还没等它站稳，蟒体缠绕的第二个圈圈又甩了过来，它的身体一下子就被捆绑住了。蟒蛇能把马鹿活活绞死，更别说小小的雪兔了。大耳朵母兔双眼暴突，呼吸困难，我们在笼舍外观望的人都以为大耳朵母兔必死无疑了。突然，它低头用门齿在蟒身上猛啃了几口。雪兔的门齿虽比不上狼牙虎牙厉害，但习惯在野外啃树皮，啃冻结在石头上的苔藓，还是很锐利的。蟒皮破裂，露出雪白的蟒肉和冷凝的血丝。黑尾蟒遭此突然打击，绷紧的身体刹那间松弛下来，大耳朵母兔趁机从绞索似的蛇身间腾空跃起，逃到蟒舍另一端去了。

我欣赏大耳朵母兔的机灵勇敢，更佩服它顽强的求生意志。从外表看，它除了耳朵比其他雪兔略大一些外，没有什么突出的优点，为什么就与众不同，敢与凶恶的蟒蛇搏杀呢？

黑尾蟒遭到打击后，谨慎多了，不再用身体扭成圈圈去套目标，而是改为用结实的蟒尾连续不断进行抽打，企图先将大耳朵母兔击晕，然后安全吞咽。大耳朵母兔异常灵活，没等黑尾蟒靠近，就撒腿奔逃，使得蟒尾屡屡抽空。有一个细节引起了我的注意，大耳朵母兔每逃过黑尾蟒一次袭击，便要啃几口青草，快速咀嚼吞咽。这绝不是当饿死鬼不如当饱死鬼的垂死心理的反应，而是想补充体力，更好地蹦跳躲闪，是它下决心要逃过劫难，坚定地想活下去的心态的折射。

或许是因为肚子太饿精力不济，或许是因为缺少锻炼技艺生疏，或许是因为几次失败信心受挫，半个小时后，黑尾蟒气馁了，放弃追杀，松松垮垮地盘成一个大圆圈，瘫在那根树桩下。员工们唯恐饿着这条珍贵的黑尾蟒，害怕它因过度沮丧而生病，便临时又在兔笼里捉了一只雄兔，扔进蟒舍。

那只雄兔一见黑尾蟒，便吓出一泡尿来，路也走不动了，被黑尾蟒像吃点心一样很方便地就吃进肚去，成了替死鬼。

随着黑尾蟒一弓一弓的吞咽动作，腹部鼓起一个大包。它又爬到小水池边，喝了一些水，便像绳子似的一圈圈盘整齐，头缩在中央，睡起觉来。按照蟒蛇的生活习性，要到十天后肚子里的食物消化掉，它才会再次醒来觅食。

黑尾蟒一入睡，大耳朵母兔就来到水池边继续挖它的洞。它挖洞简直到了疯狂的程度，嘴啃爪刨，夜以继日，渴了喝一口水，饿了吃一口料，困了就在洞旁打个盹。三天后，洞穴终于挖成，约有一尺多深，刚够它藏身。

翌日清晨，我在蟒舍外观察，大耳朵母兔拖着疲乏的身体在水池边觅食，我无意中瞥见那只浅浅的洞穴里好像有什么东西在晃动，用手电筒照进去一看，哦，是三只刚产下不久的仔兔!

雪兔仔和家兔仔明显不同，家兔仔刚生下时，全身光溜溜的，眼睛也睁不开，雪兔仔一生下来，身上就披着一层密密的绒毛，眼睛也已经睁开。

三只仔兔被手电筒的光吓着了，在洞底挤成一堆，发出细弱的叫声。大耳朵母兔立刻停止饮水，奔回洞穴，保护自己的宝贝。

我明白了，大耳朵母兔之所以能表现出超常的勇敢，临危不惧，死里求生，原因就是它肚子里怀着仔，并已临近分娩。对一只母兔来说，再也没有比产仔更重要的事情了，要让自己后代平安出世的强烈愿望，以及母性高度的责任感和崇高的使命感，使它战胜了怯懦的天性，超越了物种的局限，以大无畏的精神与蟒蛇周旋，终于争取到时间，并在死神随时会降临的巨大压力下，在坚硬的土层中掘出一只洞穴，顽强地将仔兔生了下来。

可惜，它只是暂时逃脱黑尾蟒的戕害而已，洞穴能躲过其他野兽的追咬，却难逃蛇类的袭击；蟒蛇细长的滑溜溜的身体很适合在地下钻行，可以这么说，凡雪兔进得去的洞穴，蟒蛇都能进得去；在狭窄的洞里，雪兔不能蹦跶跳跃，被蟒蛇一咬一个准。再过一个星期左右，黑尾蟒醒来，大耳朵母兔如果逃离洞穴，就等于将三只仔兔送给它当点心；如果留在洞穴看护仔兔，全家老少都免不了会被黑尾蟒一口一口吃掉。

大耳朵母兔似乎也意识到这一点了，第五天早晨，我看见它从洞穴钻出来，站在那根树桩下，歪着脑袋长时间凝望面前的睡蟒，兔眼红得像玛瑙，鼻子深深地皱了起来，显得心事重重。后来我才知道，它是在谋划一项性命攸关的决策。

数分钟后，大耳朵母兔一步步向睡蟒靠近，它走得很慢，四条腿好像灌满了铅，离睡蟒越近，它的身体就越颤抖得厉害。到了睡蟒身边，它张嘴作噬咬状，好像又缺乏胆量、魄力和自信，犹豫着不敢下口。水池边的洞穴口露出仔兔毛茸茸的小脑袋，大耳朵母兔回头望了一眼，刹那间，它的目光变得坚定勇敢，鼻吻间映出一层圣洁的光辉，好像找到了可贵的力量源泉。它镇定下来，两只尖利的前爪用力抠住蟒腰，用飞快的速度在黑尾蟒的身上啃了两口。睡梦中的黑尾蟒被疼醒了，倏地滑动身体，昂起脑袋，可还没等它完全清醒过来，大耳朵母兔已一溜烟地逃到树桩背后去了。

尽管大耳朵母兔紧张得浑身战栗，但它的行动仍算得上是惊天动地的英雄壮举。弱小的雪兔平时见着蟒蛇避之唯恐不及，从没听说过有敢于主动袭击蟒蛇的雪兔。它们的力量对比太悬殊了，雪兔与蟒蛇斗，好比是以卵击石啊！

我猜想大耳朵母兔冒着被吞噬的危险主动向黑尾蟒

进攻，用意是要把近在咫尺的危险驱赶到远处去，以确保洞穴里三只仔兔的安全。

惊醒过来的黑尾蟒气势汹汹地追赶大耳朵母兔，大耳朵母兔又故技重演，灵巧地躲闪，几个回合下来，黑尾蟒占不到什么便宜，再加上肚子不饿，没有急着要捕食的欲望，便盘在笼舍中央的草地上，高高竖起脑袋，由进攻转入防御。

大耳朵母兔耐心地等待着，一个多小时后，当黑尾蟒困倦疲乏，垂下脑袋打瞌睡时，它又绕到黑尾蟒的背后，出其不意地啃咬蟒尾。如此这般重复了好几次，黑尾蟒的斗志瓦解了，爬到那根一人高的树桩上，躲避开大耳朵母兔的骚扰。

一条凶蛮的大蟒蛇竟然害怕一只小小的雪兔，这真是闻所未闻的奇观，笼舍外挤满了为大耳朵母兔助威叫好的游客。

黑尾蟒虽然盘踞在树桩顶端，但树桩不高，它的身体又太长，腹部和尾巴免不了会垂挂下来，大耳朵母兔瞅准机会，奔到树桩底下突然蹿高，又抓又咬。

对大耳朵母兔来说，要么赶走死神，要么葬身蟒腹，为了三只仔兔的生存，它没有退路，也没有更多的选择，只有一往无前，鏖战到底！

黑尾蟒肯定是平生第一次遇到这样难缠的雪兔，一点儿办法也没有了，一会儿从树桩窜下来，一会儿又尾巴朝天头朝上缠绕在树桩上，焦躁不安，显得异常难受。

动物园的员工担心再这样下去，黑尾蟒会因过度焦虑而发生不测，众多游客的起哄也形成了某种舆论压力；再说，让一只刚分娩不久的母兔和三只仔兔当作蟒蛇饲料，从道德层面来讲似乎也不太妥当，于是，他们决定将大耳朵母兔连同三只仔兔一起搬出蟒舍，迁回兔笼。

死里逃生，大耳朵母兔胜利了。这是用伟大母爱创造的一个奇迹！

当大耳朵母兔带着仔兔欢天喜地回到阔别半个月的雪兔笼舍，回到伙伴们中间时，我产生一种深刻的体会：当你身不由己地陷入绝境，绝望只能是束手待毙，鼓起勇气与命运抗争，才有可能赢得转机，闯开一条生路。

2
斑羚
飞渡
BANLING
FEIDU

我们狩猎队分成好几个小组，在猎狗的帮助下，把这群斑羚逼到戛洛山的伤心崖上。

斑羚又名青羊，形似家养山羊，但颌下无须，善于跳跃，每只成年斑羚重约六七十斤。被我们逼到伤心崖上的这群约有七八十只。

斑羚是我们这一带猎人最喜爱的猎物，虽然公羊和母羊头上都长着两支短小如匕首般尖利的羊角，但性情温驯，死到临头也不会反抗，猎杀时不会有危险；斑羚肉肥腻细嫩，是上等山珍，毛皮又是制裘的好材料，价钱卖得很俏。所以，在我们完成了对斑羚群的围追堵截，用猎狗和猎枪组成了两道牢不可破的封锁线之后，狩猎队的队长，也就是曼广弄寨的村长帕珐高兴得手舞足蹈：“阿罗，我们要发财了！嘿，这个冬天就算其他猎物一只也打不着，光这群斑羚就够我们一年的酒钱啦！”每位猎人都红光满面，脸笑成了一朵花。

对付伤心崖上的斑羚，好比瓮中捉鳖。

伤心崖是戛洛山上的一大景观，一座山峰，像被一把利斧从中间剖开，从山底下的流沙河抬头往上看，宛如一线天，隔河对峙的两座山峰相距约六米。两座山峰都是笔直的绝壁，到了山顶部位，都凌空向前伸出一块巨石，远远望去，像一对彼此倾心的情人，正要热情地拥抱。之所以取名伤心崖，是有一个古老的传说，说是在缅桂花盛开的那一年，有个名叫喃木娜雅的仙女看中了一个年轻猎人，偷了钥匙从天庭溜到人间与猎人幽会；这事不幸被她保守的父亲发现，他勃然大怒，悄悄跟踪，仙女又一次下凡与年轻猎人见面，就在两人张开双臂朝对方扑去，眼瞅着就要拥抱在一起的节骨眼上，仙女的父亲突施法术，将他们变为石头，使这对可怜的情人咫尺天涯，永远处在一种眼看就要得到却得不到的痛苦状态。

这群斑羚来到伤心崖，算是走上了绝路。往后退，是咆哮的狗群和十几支喷火闪电的猎枪；往前走，是几十丈深的绝壁，而且朝里弯曲，除了壁虎，任何生命都休想能顺着倒悬的山壁爬下去。而一旦摔下去，不管是掉进流沙河里还是砸在岸边的砾石上，小命都得玩完；假如能跳到对面的山峰上去，当然就绝路逢生转危为安了。但两座山峰最窄的地方也有六米宽，且两山一样高，没有落差可以利用。斑羚虽有肌腱发达的四条长腿，极善跳跃，是食草类动物中的跳远冠军，但就像人类有个运动极限一样，在同一个水平线上，再健壮的公斑羚最多也只能跳出五米的成绩，母斑羚、小斑羚和老斑羚只能跳四米左右，能一下跳过六米宽的山涧的斑羚堪称超级斑羚，而这样的斑羚还没有生出来呢。

我们将斑羚逼上伤心崖后，围而不打，迟迟没放狗上去扑咬，也没开枪射击。这当然不是出于怜悯，而是担心斑羚们被我们逼急了，会不顾三七二十一，集体从悬崖跳下去；假如他们摔在岸上，当然节省了我们的子弹，但不可能个个都按我们的心愿跳得那么准，肯定会有许多落进流沙河里，很快被湍急的河水冲得无影无踪。我们不想让到手的钱财被水冲走，我们要一网打尽。

村长帕珐让波农丁带五个人到悬崖底下的流沙河边去守着，负责在岸上捡拾和从水里打捞那些从山顶跳下去的斑羚。

从伤心崖到流沙河，地势很陡，要绕过半座山才下得去，最快也要走半小时。村长帕珐和波农丁约定，波农丁到了悬崖底下后，吹响牛角号，我们就立即开枪，同时放狗去咬。

我仍留在伤心崖上。我埋伏的位置离斑羚群只有四五十米，中间没有遮挡视线的障碍，斑羚们的一举一动都看得一目了然。

开始，斑羚们发现自己陷入了进退维谷的绝境，一片惊慌，胡乱窜逃，有一只昏头昏脑的母斑羚竟然企图穿越封锁线，立刻被早已等得不耐烦的猎狗撕成碎片。有一只老斑羚不知是老眼昏花没测准距离，还是要故意逞能，竟退后十几步，一阵快速助跑奋力起跳，想跳过六米宽的山涧。结果可想而知，它在离对面山峰还有一米多的空中做了个滑稽的挺身动作，哀咩一声，像颗流星似的笔直坠落下去。好一会儿，悬崖下才传来扑通的水花声。

可惜，少了一张羊皮，少了一锅羊肉。

过了一会儿，斑羚群渐渐安静下来，所有的眼光都集中在一只身材特别高大、毛色深棕、油光水滑的公斑羚身上，似乎在等候这只公斑羚拿出能使整个种群免遭灭绝的好办法来。毫无疑问，它是这群斑羚的头羊，它头上的角比一般公斑羚要宽得多，形状像把镰刀，姑妄称它为镰刀头羊。镰刀头羊神态庄重地沿着悬崖巡视了一圈，抬头仰望雨后湛蓝的苍穹，悲哀地咩了数声，表示自己也无能为力。

斑羚群又骚动起来。这时，被雨洗得一尘不染的天空突然出现一道彩虹，一头连着伤心崖，另一头飞越山涧，连着对面那座山峰，就像突然间架起了一座美丽的天桥。斑羚们凝望着彩虹，有一头灰黑色的母斑羚举步向彩虹走去，神情缥缈，似乎已进入了某种幻觉状态。也许，它确实因为神经高度紧张而误以为那道虚幻的彩虹是一座实实在在的桥，可以通向生的彼岸；也许，它清楚那道色泽鲜艳、远看像桥的东西，其实是水汽被阳光折射出来的幻影，但既然走投无路了，那就怀着梦想与幻觉走向毁灭，起码可以减轻对死亡的恐惧。

灰黑色的母斑羚的身体已经笼罩在彩虹炫目的斑斓光谱里，眼看就要一脚踩进深渊里去。突然，镰刀头羊发出一声吼叫，“咩——”，这叫声与我平常听到的羊叫迥然不同，没有柔和的颤音，没有甜腻的媚态，也没有绝望的叹息，音调虽然也保持了羊一贯的平和，但沉郁有力，透露出某种坚定不移的决心。

事后我想，镰刀头羊之所以在关键时刻想出那样一个挽救种群生存的绝妙办法来，或许就是受了那道彩虹的神秘启示，我总觉得彩虹那七彩光谱似乎与后来发生的斑羚群的飞渡有着一种美学上的相通。

随着镰刀头羊的那声吼叫，灰黑色母斑羚如梦初醒，从悬崖边缘退了回来。

随着镰刀头羊的那声吼叫，整群斑羚迅速分成两拨，老年斑羚为一拨，年轻斑羚为一拨。在老年斑羚队伍里，有公斑羚，也有母斑羚，身上的毛色都比较深，两支羊角基部的纹轮清晰可见；在年轻斑羚队伍里，年龄参差不齐，有身强力壮的中年斑羚，有刚刚踏进成年行列的大斑羚，也有稚气未脱的半大斑羚。两拨分开后，老年斑羚的数量显然要比年轻斑羚那拨少得多，大概少十几只。镰刀头羊本来站在年轻斑羚那一拨的，它的眼光在两拨斑羚间转了几个来回，悲怆地轻咩了一声，迈着沉重的步伐走到老年斑羚那一拨去了；有七八头中年公斑羚也跟随着镰刀头羊，自动从年轻斑羚那拨里走出来，归进老年斑羚的队伍。这么一倒腾，两拨斑羚的数量大致均衡了。

我看得很仔细，但弄不明白这是怎么回事。以年龄为标准划分出两拨来，这些斑羚究竟要干什么呢？

“波农丁这个老酒鬼，爬山比乌龟爬得还慢，怎么还没到悬崖底下？”村长帕珐小声咒骂道。他的两道剑眉拧成了疙瘩，显出内心的焦躁和不安。

村长帕珐是位有经验的猎手，事后我想，当时他一定已预感到会发生惊天动地的不平常的事，所以才会焦躁不安的，但他想象不出究竟会发生什么。

我一面观察斑羚群的举动，一面频繁地看表，二十分钟过去了，二十二分钟过去了，二十五分钟过去了……按原计划，如果一切顺利的话，顶多再有三五分钟，悬崖底下就会传来牛角号闷沉的呜呜声，伤心崖上的十来支猎枪就会喷出耀眼的火光。

这将是一场辉煌的狩猎，对人类而言。

这将是一场灭绝性的屠杀，对这群斑羚而言。

就在这时，我看见从那拨老年斑羚里走出一只老公羊来，颈上的毛长及胸部，脸上褶皱纵横，两支羊角早已被岁月风尘弄得残缺不全，一看就知道快要到另一个世界去了。老公羊走出队列，朝那拨年轻斑羚示意性地咩了一声，一只半大的斑羚应声走了出来。一老一少走到伤心崖，后退了几步，突然，半大的斑羚朝前飞奔起来，差不多同时，老公羊也扬蹄快速助跑。半大的斑羚跑到悬崖边缘，纵身一跃，朝山涧对面跳去，老公羊紧跟在半大斑羚后面，头一勾，也从悬崖上蹿跃出去。这一老一少，跳跃的时间稍分先后，跳跃的幅度也略有差异，半大斑羚角度稍偏高些，老公羊角度稍偏低些，它们一前一后，一高一低。我吃了一惊，怎么，自杀也要老少结成对子，一对一对去死吗？这只半大斑羚和这只老公羊，除非插上翅膀，否则是绝对不可能跳到对面那座山崖上去的！果然，半大斑羚只跳到四米左右的距离，身体就开始下倾，从最高点往下降落，在空中划出一道可怕的弧形。我想：顶多再有一两秒钟，它就不可避免地要坠进深渊，坠进死亡的地狱去了。我正这样想着，突然，一个连做梦都无法想象的镜头出现了：在半大斑羚从最高点往下降落的瞬间，老公羊凭着娴熟的跳跃技巧，出现在半大斑羚的蹄下，它的跳跃能力显然要比那只半大斑羚略胜一筹；当它的身体出现在半大斑羚蹄下时，刚好处在跳跃弧线的最高点，就像火箭和宇宙飞船在空中完成对接一样，半大斑羚的四只蹄子在老公羊宽阔结实的背上猛蹬了一下，就像借助一块跳板一样，它在空中再度起跳，下坠的身体奇迹般地再度升高；而老公羊就像燃料已输送完了的火箭残壳，自动脱离宇宙飞船，不，比火箭残壳更悲惨，在半大斑羚的猛力踢蹬下，它像一只被突然折断了翅膀的鸟一样笔直坠落下去；虽然这第二次跳跃的力度远不如第一次，高度也只有地面跳跃的一半，但已经足够跨越剩下的最后两米路程了。只见半大斑羚轻巧地落在对面山峰上，兴奋地咩叫一声，钻到磐石后面不见了。

试跳成功，紧接着，一对对斑羚凌空跃起，山涧上空划出一道道令人眼花缭乱的弧线，每一只年轻的斑羚成功飞渡，都意味着有一只老年斑羚摔得粉身碎骨。

山涧上空，和那道彩虹平行，架起了一座桥，那是一座用死亡做桥墩架设起来的桥。没有拥挤，没有争夺，秩序井然，快速飞渡。我十分注意地盯着那群注定要去送死的老斑羚，心想：或许有个别比较滑头的老斑羚，会从死亡那拨偷偷溜到新生那拨去。但让我震惊的是，从头至尾，没有一只老斑羚为自己调换位置。

它们心甘情愿用生命为下一代开通一条生存的道路。

绝大部分老斑羚，都用高超的跳跃技艺，将年轻斑羚平安地飞渡到了对岸的山峰，只有一头衰老的母斑羚，在和一只小斑羚空中衔接时，大概力不从心，没能让小斑羚精确地踩上自己的背，结果一老一少一起坠进深渊。

我没想到，在面临种群灭绝的关键时刻，斑羚群竟然能想出牺牲一半挽救一半的办法，来赢得种群的生存机会。我也没想到，老斑羚们会那么从容地走向死亡。

我看得目瞪口呆，所有的猎人都看得目瞪口呆，连狗也惊讶地张大嘴，把长长的舌头拖出嘴外，停止了吠叫。

就在这时，“呜——呜——”，悬崖下传来牛角号声，村长帕珐如梦初醒，连声高喊：“快开枪！快，快开枪！”

但已经晚了，伤心崖上，只剩下最后一只斑羚，唔，就是那只成功地指挥了这场集体飞渡的镰刀头羊。

这群斑羚不是偶数，恰恰是奇数，镰刀头羊孤零零地站在山峰上，既没有年轻的斑羚需要它做空中垫脚石飞渡到对岸去，也没有谁来飞渡它。

“砰，砰砰”，猎枪打响了，我看见镰刀头羊宽阔的胸部冒出好几朵血花，它摇晃了一下，但没倒下去，反而迈着坚定的步伐，走向那道绚丽的彩虹。弯弯的彩虹一头连着伤心崖，一头连着对岸的山峰，像一座美丽的桥。

它走了上去，消失在一片灿烂中。

3 血眼熊

XUEYANXIONG

有人报告，乔家寨一位名叫哈波的村民，用挖陷阱的办法捕获了一只黑熊，让黑熊饿了几天后，往陷阱里倒了一大桶酒糟，困在陷阱里饿极了的黑熊狼吞虎咽将一大桶酒糟吃进肚里去，很快就醉得不省人事。于是哈波将黑熊抬回家，进行活熊取胆。

所谓活熊取胆，就是在活熊的肚子上切一个口子，将一根金属导管插进熊胆，把胆汁源源不断引流到笼外的玻璃瓶里。

熊胆是一味名贵中药，价格堪比黄金，活熊取胆，为的是牟取暴利。

黑熊是国家二类保护动物，私捕黑熊属于犯法行为，活熊取胆惨不忍睹，必须严厉禁绝！野生动物保护站得到消息后，立即与当地森林警察联手展开解救行动。

当我们翻山越岭来到乔家寨，哈波早已闻讯逃进深山老林躲起来了。我们闯进哈波家，在院子西侧的猪圈旁找到了那只可怜的黑熊，它被囚禁在一只锈迹斑斑的狭窄的铁笼子里。铁笼分上下两层，它上半身卡在上层铁笼，下半身卡在下层铁笼；毫无疑问，将它的上半身与下半身分割开来，是怕它用前爪或嘴拔掉插进胆囊的那根金属导管。它的下腹部，被剃掉了一大片熊毛，青灰色的皮肤间插着一根闪闪发亮的金属导管，伤口没有任何包扎，就这样裸露在外面，几只绿头苍蝇在它伤口

周围飞舞；一根白色透明的细塑料管一头接着金属导管，另一头接着绑在铁笼子外的那只玻璃瓶，一滴又一滴墨绿色的胆汁顺着细塑料管缓缓流进玻璃瓶。

前往乔家寨实施救援的队伍，除了六名森林警察、我和野生动物救护站一位名叫耿山的饲养员外，还有一位名叫唐淑琴的女医生。唐医生是个志愿者，在镇卫生院上班，业余时间到我们野生动物救护站帮忙，给那些需要治疗的野生动物看病。之所以请唐医生参加救援行动，是为了处理黑熊身上的伤口。

看见我们走过去，黑熊愤怒地朝我们龇牙咧嘴，“嗷嗷”吼叫。

这是一只牙口约五岁的成年公熊，身高近两米，体毛浓密，却面容憔悴，骨瘦如柴，身上肮脏不堪，胸部那块月牙形白斑蒙着一层浊黄的污秽，散发着一股恶臭。我多年与动物打交道，对黑熊的习性也有所了

解。当我的眼睛与这只公熊的眼睛对视时，我忍不住一阵战栗。我看见了一双跟我过去见过的所有黑熊完全不同的一双眼睛。人人都知道，黑熊有个别名叫“熊瞎子”。之所以叫熊瞎子，除了它视力较弱外，更是指它毫无特色的一双眼睛。黑熊天生一双小眼睛，小小的眼珠黑多白少，凹在眼眶里，混杂在脸颊的黑色毛丛中，很不显眼。但眼前这只公熊的眼睛，却红得像两粒火炭，且鼓出眼眶，而且颜色会变幻，我们越走近，它的眼睛就红得越厉害，鼓突得也越厉害。我们往后退，它的红眼睛就逐渐变淡，鼓突的眼球也随之缩了回去。毫无疑问，它极端仇恨两足行走的人，要不是囚禁在坚固的铁笼子里，它一定会愤怒地冲上来撕咬我们。

我们先要雇人将它抬到公路边，然后用小卡车运送回野生动物救护站。在起运前，必须先拔掉插在它胆囊上的金属导管，包扎好它下腹部的伤口，不然的话，卡车在崎岖的乡村土路上颠簸，在剧烈的晃动中，那根金属导管极有可能戳破它的其他内脏，造成严重伤害。

拔除金属导管和包扎伤口的事，当然是由唐医生来处理。

按常规，要给动物动手术，尤其是给凶猛的大型动物动手术，应进行麻醉，但唐医生仔细观察了这只黑熊的伤口却认为，这只黑熊关在这个特殊的铁笼子里，活动余地很小，拔除金属导管所需时间很少，不用注射麻醉，也能完成。

我尊重唐医生的意见，手术的事由她说了算。

我大学专业学的就是生物学，多年与动物打交道，积累了一些经验。我知道，围观的人越多，这只黑熊的脾气就会越暴躁，就越不容易给它拔除导管和包扎伤口。我进行清场，让六名森林警察到院子外等候，只留唐医生一个人在现场，我躲在黑熊看不见的房柱后面，以防不测，随时可接应唐医生。

一切准备就绪，唐医生穿起白大褂，拎着药箱，走到铁笼前。

午后的农家小院铺满阳光，柴垛上一只花猫在打瞌睡，小小的院落明亮而安静。

唐医生走到离铁笼还有五六米时，黑熊就瞪起一双布满血丝的眼珠，死死盯着唐医生，喉咙深处发出“呼噜呼噜”威胁的低吼。唐医生又往前走了两步，黑熊的眼球凸出来，眼珠也变得通红，燃烧起仇恨的火焰。

“你别这么凶，我们不是来害你的，我们是来救你的。”唐医生一面继续往前走，一面和蔼地对黑熊说话，“请你配合一点儿，莫乱叫，莫乱动，这样你就会少受些痛苦。”

喜欢与被救治的动物说话聊天，是唐医生的一大特点。我们野生动物救护站开办差不多十年了，前后有二三十位医务工作者到我们这里来做过志愿者，男女老少都有，有的沉默少言，有的开朗热情，有的医术精湛，有的认真负责，但无论是谁，在救治野生动物的过程中，都不会与被救治的动物说话聊天。无论何种动物，都听不懂人话，跟它们说话，等于对牛弹琴，白白浪费唾沫而已。所以，那些来做志愿者的医务工作者们，在给动物疗伤治病时，通常都默不作声。唐医生就不同了，她在给动物疗伤治病时，会絮絮叨叨地不停说话，就好像她听诊器或手术刀下躺着的不是动物，而是病人。有一次，她给一只被猎枪打伤的披肩吼猴做手术，要把钻进它大腿里的子弹取出来，那只披肩吼猴已超过十岁，不宜麻醉，唐医生对它说："你年纪大了，麻醉有危险，不打麻醉就动手术，会有点儿痛的，你要忍一忍哦!”当她动手清除它创口周围的腐肉时，它疼得咬紧牙关，身体瑟瑟发抖。她又说：“你实在疼得厉害，就哭几声吧，哦哦，对不起，我弄错了，这个世界上只有人才会哭，你不是人，你是猴子，你没有哭的本事，你不会哭的，那你就叫几声吧，叫一叫也能减轻疼痛的啊。”披肩吼猴大概是真的痛得难以忍受了，扯着喉咙叫了起来。披肩吼猴的舌骨特别大，能够形成一种特殊构造的回音器，吼叫声异常巨大，一公里以外都能清楚听到，震耳欲聋，惊心动魄，是热带雨林著名的“大嗓门”。唐医生生气地说：“我耳朵都要给你叫聋了，拜托了，别叫得这么响行吗？轻轻哼两声就行了嘛。你再这样大声叫，我就无法再给你做手术了呀……”我曾委婉地提醒过唐医生：“你这样跟它们说话，会有用吗？到目前为止，还没发现有哪种动物能听懂人话。”她笑笑对我说：“我习惯了，看病时喜欢和病人聊聊天。”这个习惯，虽然无效，却也没有害处，那就由她去吧。

此时此刻，唐医生又开始絮絮叨叨地讲个不停了。

“你别那么凶看着我，我再重复一遍：我们不是来害你的，我们是来救你的！你听清楚了没有？”唐医生说这句话时，已来到铁笼子前。黑熊“嗷嗷”咆哮，露出一口结实的牙齿，“咔嚓咔嚓”啃咬铁栏杆。“我知道你心里是怎么想的，你瞒不了我，你是想从铁笼子里冲出来，一口把我咬死！你太愚蠢了，不知好歹。在你眼里，人都是会加害你的恶魔，是吗？你错了，人是分好人、坏人、善人、恶人的，有的人会切开你的肚子往你的胆囊里插管子，也有的人会给你拔掉插在胆囊上的管子，给你缝合伤口，帮你恢复健康。你不要好坏不分，仇恨所有的人。”黑熊不可能理解她的一番苦心，见她贴近铁笼子，愈发变得狂躁，拼命用脑袋撞击铁笼子，把铁笼子撞得“哐啷哐啷”响，极力想冲破铁笼子扑咬唐医生。

唐医生摇了摇头说：“你呀，对人的成见太深了，这样很不好啊。”说着，她绕到黑熊身后，手从铁栏杆的缝隙伸进去，试探性地动了动插在黑熊下腹部的那根金属导管。黑熊撕心裂肺般地狂嚎一声，身体猛烈颤抖起来，眼珠子瞪得仿佛要从眼眶里蹦出来，一双眼睛红得就像两汪鲜血。似乎疼痛也会传染，唐医生也“咝咝”地倒吸冷气；我在房柱后面偷看，她眼圈也有点儿红了，声音哽咽，心疼地说：“我知道，你肚子上插着一根管子，伤口已经发炎了，一动就刺心似的疼，太受折磨了，这样活着，真的比死还难受。这些人怎么这么狠心啊，为了一点儿钱，就用这样残忍的办法糟蹋生命！这些人真的跟野兽没什么区别！”她说着，从药箱里取出纱布、药棉、医用胶布、止血粉、消炎膏，准备停当后，又开始说了：“我要拔掉你肚皮上的管子了，你的苦难就要到头了。你懂不懂？你一定要配合我，千万别乱动！你乱动的话，就会加重你的痛苦，就会多流很多血。你懂不懂？”它压根儿就不懂，我想，听了她对牛弹琴式的那些话，我未免觉得有点儿好笑。黑熊根本就不理睬她的苦口婆心，仍恶狠狠地扭头瞪着她，喉咙里发出刻毒的诅咒。“好了，我要动手了。”唐医生左手拿着涂满各种药膏和药粉的一大团药棉，右手做出拔金属导管的姿势，颇为严厉地说：“我再警告你一遍，别乱动，你就会少流血，少吃苦头。我拔导管的时候，会有点儿痛，但痛过之后就好了，就不会再痛了。”黑熊好像意识到唐医生要动插在它腹部的那根金属导管了，扭动身体竭力想躲避，可分割成上下两层的铁笼子狭小逼仄，怎么也无法躲得开。“你要学会忍耐，要学会配合医生。你身体很棒，强壮得像只熊。哦，对不起，我说错了，你本来就是一只熊。我的意思是说，你只要拔掉了插在胆囊上的导管，很快就能恢复健康，你还年轻，幸福生活等着你呢！”说到这里，唐医生右手突然伸进铁笼，动作敏捷而娴熟，抓住那根金属导管用力一拔，就把罪恶的血淋淋的导管从黑熊身体里拔了出来。黑熊痛得似乎要晕倒了，大张着嘴，想叫也叫不出声来。那根金属导管从黑熊身体被拔出来的一瞬间，伤口涌出汩汩的血，唐医生左手迅疾伸进笼子，将一大团药棉紧紧按在黑熊的伤口上。黑熊本能地想躲闪，但在狭小的笼子里，它能动弹的空间很小，想躲也躲不掉。唐医生大声说："别动！听话！别动！一动就会流很多血的！现在你应该没刚才那么痛了。你再忍一忍，止血粉就会起作用，你就不会流很多血了。你要听我的，我是医生，你要信任我！"

要黑熊信任她，这听起来真有点儿滑稽。

黑熊想躲闪却躲不掉，狭窄的铁笼子分割成上下两层，它的嘴无法咬到唐医生，前爪也够不到唐医生，但它的后爪就在下层铁笼，还能小范围地活动；它抬起一只黑黪黪的后爪，去撕抓唐医生那只正将一大团药棉按在它腹部伤口上的左手，它讨厌或者说畏惧人的手，想把唐医生的手从自己身上打掉。

危险！我躲在房柱后面，看见黑熊抬起黑黪黪的后爪来撕抓唐医生的手，吓得心狂跳不已。熊爪俗称熊掌，力量和锐利绝不亚于虎爪，曾经发生过这样的事：猎人与受了伤的黑熊扭打，狂怒的黑熊在猎人脸上掴一掌，一下就把这位倒霉的猎人半块头皮和半张脸给撕了下来。黑熊的后爪虽然没有前爪那么灵巧犀利，却也长着五枚尖刀般的指甲，被它抓一把的话，绝对皮开肉绽，鲜血淋漓。我想叫一声“危险”，提醒唐医生注意，但涌到喉咙口又咽了下去，我担心一叫出声来，黑熊受惊，会更凶猛无情地撕抓起来。我想，唐医生就在黑熊面前，她肯定也看到那黑黪黪的后爪来撕抓自己的手了，她理应迅速将手从铁笼子抽出来，避免受到伤害。

可是，她却没有躲闪，继续将药棉紧紧捂在黑熊腹部的伤口。她用几乎是吼叫的声音说道：“别抓我！你耳朵聋了吗？别抓我！你这只蠢熊，你抓疼我，倒霉的是你自己！你想让自己身上的血流干吗？你没看见我已经把插在你身上的金属导管拔掉了吗？你还把我当敌人吗？你怎么连这点起码的是非好歹都不知道！”

我看见，黑熊那只黑黪黪的后爪已经落在唐医生的手臂上，可以预见，它尖锐如匕首的指甲用力一抓，唐医生的手臂就会被犁出五条深深的血沟。我不愿看到唐医生受伤害，紧张得手心出汗。为了让黑熊的伤口少流血，豁上自己的手臂被抓得血肉模糊，也太不值得了吧。

黑熊扭着头，瞪着一双恐怖的血眼，死死地望着唐医生。唐医生也杏眼圆睁，毫无惧色地望着黑熊。人眼熊眼互相凝望。

“我知道，你恨人，你想吃了我。可你该动动脑子，是谁帮你拔掉了插在身上的金属导管！现在你伤口的疼痛肯定比刚才轻多了，证明我不是在害你，而是在帮你！你真的这么愚蠢，一点儿好歹也不懂吗？”

我惊讶地看见，黑熊那只落在唐医生手臂上的后爪竟然停止了撕抓，它两只血红的眼睛眨巴了几下，似乎在思考什么，那只想要行凶的后爪一阵阵痉挛，透出它内心的矛盾，想去撕抓唐医生的手臂，觉得不合适；不去撕抓唐医生的手臂，又觉得不甘心。

就在这僵持的过程中，唐医生的另一只手也伸进铁笼子，用一大块黏性很强的胶布封住了黑熊腹部的伤口。

我想，黑熊之所以在最后时刻没有撕抓唐医生，最大的可能是它意识到那根插在它身体里、折磨了它很久的金属导管已经被唐医生拔除了，伤口在最初的剧痛过后，疼痛的感觉很快得到缓解，于是，它暴怒的情绪平静下来，放弃了攻击。

黑熊的伤口包扎好了，唐医生双手从铁笼子里撤出来后，我赶紧从房柱后面冲出来，三步并作两步走到唐医生跟前，拉起她的左手臂一看，上面有五条淡淡的血痕。刚才我看得很清楚，黑熊只是将一只后爪放到了唐医生的手臂上，没有做出任何撕抓的动作，即使是这样，她白皙的手臂上已经泛起五条血痕，要是黑熊撕抓一下，别说是凶狠，就是轻轻一抓，后果也不堪设想。

“唐医生，你这样做太冒险了。”我说，“出了事我可负不起责任啊！它是野兽，它懂什么呀！万一真的在你手臂上狠狠撕抓一下，你这条手臂都会报废的。我心里捏了好几把汗，现在心还咚咚跳得慌呢。”

“没什么，手术很圆满，我也没受伤，一切都挺好的。”唐医生用碘酒擦拭着自己手臂上的五条血痕，轻松地说道。

“要是真被熊爪抓一把，后悔就来不及了。”我严肃地说，“我是哀牢山野生动物救护站的站长，我要对你的安全负责，你必须听我的，今后再遇到类似的事情，一定要先麻醉，才能动手术，确保你的安全！”

“我也考虑过麻醉，可它身体太虚弱，情绪又特别亢奋，麻醉药用少了不起作用，用多了，怕它从此就醒不过来了。”唐医生说。

“就算是这样，你拔掉它身上的金属导管后，千不该万不该，不该把手再伸进去用药棉堵它的伤口，这太危险了。它是熊，伤口多流点儿血，不会有大问题的。”

唐医生摇摇头说：“它的伤口已经发炎了，金属导管四周的组织已经溃烂了，不及时消炎，让伤口暴露在外面，很危险的。”

“不管怎么说，你这样做实在太冒险了，以后绝对不允许这样做了!”我斩钉截铁地说。

唐医生温婉地笑笑，不再说什么。

插在黑熊身上的金属导管已经拔掉，伤口也已包扎妥当，我们就雇了几个老乡，将铁笼子抬到公路边，然后用小卡车将黑熊运回了野生动物救护站，之后用串笼的办法，将它移到一只大铁笼里，打算等它养好伤后，再放归山林。

这是一只脾气特别粗暴的黑熊，见不得人，只要有人走近铁笼子，它立刻就会直立起来，全身熊毛竖立，两只眼珠子瞬间开始充血，很快变得通红，“嗷嗷”地凶猛吼叫，用一只前掌紧紧捂住腹部的伤口，另一只前掌使劲挥舞，做出撕抓攻击的姿态。如果人还待在附近不离开，它就会发疯般地用身体撞击铁笼子，把铁笼子撞得“哐啷哐啷”响，撞得头破血流也在所不惜。那架势，恨不得撞破铁笼，把胆敢靠近它的人撕成碎片。

开始我们想，它的伤口还在治疗过程中，是伤口的疼痛加剧了它的暴躁脾气，随着时间推移，随着它腹部的伤口慢慢愈合，随着饲养员耿山日复一日的精心喂养，它过去与人类打交道所产生的不愉快记忆会慢慢淡化，现在所产生的愉快记忆会慢慢强化，从而改掉它的坏脾气。但我们想错了，半个多月后，它腹部的伤口愈合了，身体也渐渐复原，脖颈和腰部长出一层膘来，芜杂的皮毛也泛起一层油亮，可它的脾气却丝毫没有改变，仍然见不得人，一见到有人靠近铁笼，就一只爪掌紧紧捂住腹部的伤口，穷凶极恶地吼叫。饲养员耿山每天给它喂两次食，按以往的经验，凡饲养员固定给某个动物喂食达半月以上，再不近人情的动物，也会对他变得友善起来；对动物而言，喂食是最大的亲善，喂食也是最有效的情感黏合剂。然而，这条规律在这只黑熊身上却丝毫不起作用。耿山是我们野生动物救护站最优秀的饲养员之一，他勤勤恳恳、任劳任怨，还有丰富的饲养经验。总是挑最新鲜的果蔬送到黑熊的笼子里喂它，下雨怕它淋着，还爬到铁笼子上为它盖起石棉瓦屋顶，为了笼络感情，他还将一只旧篮球扔进铁笼让它玩耍。尽管如此，黑熊对他的敌意从并未稍减半分，见到耿山靠近，就像见到陌生人靠近一样，龇牙咧嘴地咆哮，对他投喂的食物看也不看，非要等他退离铁笼子，才会去吃。有一次，耿山见它不断用背磨蹭铁杆，显然是背部痒了。耿山觉得这是个与它套近乎的好机会，就拿了一根竹棍，绕到它身后，从铁杆间的空隙伸进去，给它的后背挠痒痒。根据以往的经验，动物身上容易滋生各种寄生虫，当动物身体痒痒时，替它们挠痒痒，是与动物建立感情最好的时机。然而，耿山的竹棍刚触碰到黑熊的背，黑熊扭头望来，一看见是耿山，便勃然大怒，动作非常敏捷，一把夺过竹棍，塞进嘴里“咔嚓咔嚓”咬得粉碎。

没有谁刻意想给它起名，但很快，大家好像商量好了似的，都叫它“血眼熊”。这名字不太好听，似乎还含有一丝贬义，却非常贴切。

血眼熊脾气发得最厉害的一次，是冲着耿山的儿子来的。耿山的儿子耿宪民今年十岁，放暑假了没事干，到我们野生动物救护站来玩。耿山疼爱儿子，托人到昆明给儿子买了一架玩具直升飞机，小孩子都喜欢新鲜玩意儿，耿宪民爱不释手，整天捧着遥控器，让直升飞机在天上飞来飞去。一阵大风吹来，直升飞机偏离航线，一头栽落下来，刚好就掉在血眼熊的铁笼子旁。耿宪民跑过来捡直升飞机，他手里拿着遥控器，上面有一根可以伸缩的天线，为了增大遥控功率，他将天线伸展到了最长。长长的镀铬金属天线在阳光下闪闪发亮。正值中午，血眼熊蜷缩在阳光下打瞌睡，玩具直升飞机坠地的声响和耿宪民奔跑的脚步声把它吵醒了。它睁开惺忪的睡眼望去，目光一落到遥控天线上，两只眼珠子刹那间红得像血珠子。它一下就从地上蹦了起来，鬃毛“唰”地竖立起来，一副怒发冲冠的模样，发疯般地撞击铁笼子，乒乒乓乓响，铁笼子剧烈摇晃，似乎要被撞烂了。耿宪民吓得“哇”的一声哭了起来，扔掉玩具直升飞机和遥控器，逃掉了。血眼熊仍不罢休，冲着地上那根闪闪发亮的金属天线，气急败坏地吼叫撒野，直到耿山闻讯赶来，捡走地上的遥控器，它的情绪这才慢慢平静下来。

“一朝被蛇咬，十年怕井绳。”这只血眼熊显然也是如此，人类曾经在它的肚皮上钻了一个洞，用一根长长的金属导管插进它的身体，抽取它的胆汁，给它的心理和生理造成了双重的巨大的痛苦，也在它的脑海中刻下了难以磨灭的烙印。所以，它一见到细长闪亮的金属物件，就会联想起惨痛的记忆，就会变得癫狂暴怒。

血眼熊仇恨所有的人，不管男人、女人、老人、孩子，它一概仇恨。无论见到谁，它第一个反应就是站起来，用一只前掌捂住自己的腹部，另一只前掌朝你做撕抓状，两只眼睛开始鼓突充血，眼珠子变成血珠子；唯独有一个人是例外，那就是唐医生。唐医生是我们野生动物救护站的志愿者，隔三岔五到这儿来救治那些生病或受伤的动物。每次来救护站，唐医生都要去看望血眼熊。唐医生来到铁笼子前，血眼熊也会“嗷嗷”咆哮，也会鬃毛竖立，但声音显然要比在其他人面前轻柔得多，鬃毛也半竖半闭，而不是像在其他人面前一根一根钢针似的全部竖立。最明显的差别是，唐医生站在铁笼子前，血眼熊一只前掌没去捂住自己的腹部，两只眼睛也没有变得血红。

看得出来，它虽然也不喜欢唐医生靠近它，却没有极端仇恨。毫无疑问，它之所以对待唐医生与对待其他人态度上有差别，是因为她替它拔除了插在身体里的金属导管，为它解除了巨大的痛苦。它似乎知道这一点，所以对唐医生另眼相看。

“你要改改臭脾气了，你不能因为曾经有人往你肚子里插金属导管，你就永远仇恨所有的人！”唐医生来到铁笼子前，查看血眼熊伤口的愈合情况，总会不失时机地数落它一番，“你身体的伤口恢复得不错，但精神的伤口怎么就不见好转呢？我告诉你，从今以后，再也不会有人往你肚子上插管子了。你相信我行吗？你别见到一个人就用你的臭爪子捂住肚子，也别眼睛里又冒火又冒血的，弄得好像所有人都是想要在你肚皮上钻个洞，往你身体里插根管子盗窃你胆汁的坏蛋。我实话告诉你，人类很复杂，确实有绞尽脑汁想榨取你胆汁发财的坏蛋，但更多的是想方设法保护你免遭伤害的好人。你别好坏不分，错怪好人。你真是个榆木脑袋！我说了半天，你听明白没有？”

血眼熊自然是听不明白的。它若是听得明白，它就不是熊了。无论唐医生费了多少口舌，这只血眼熊依然我行我素，一见到有人靠近铁笼子就用一只前掌紧紧捂住自己肚皮，两只眼珠子迅速充血，恶狠狠地发出可怕的吼叫。

为了不激怒血眼熊，我们除了喂食和打扫卫生，尽量不去血眼熊居住的那只铁笼子，还宣布了一条规定，禁止拿着长金属条去血眼熊身边，以免发生意外。

面对这只血眼熊的粗暴和无礼，我们并不十分在意。我们这里不是动物园，也不是马戏团，不需要让动物守规矩懂礼貌；我们是野生动物救护站，我们的最终目的是要将恢复健康的动物放归山林。它对人类有成见，它想远远躲开人类，说不定还是一件好事情，可以避免再次受到不法分子的伤害。因此，对它不领我们的情，把我们的好心当驴肝肺，我们并不生气，只是稍稍觉得有点儿遗憾而已。它是动物，我们是人，不与它一般见识。

又过了半个月，它的身体彻底康复，腹部的伤口完全愈合，伤口的新肉上还长出一层漆黑的熊毛，即使直立起来也看不到伤口了。由于营养充足，它膘肥体壮，比一个多月前将它解救到我们救护站来时大了整整一圈。我们都很欣慰，并根据它的身体状况，决定一个星期后将它放归野象谷自然保护区。

野象谷是西双版纳面积最大的一块自然保护区，山清水秀，植被茂盛，远离人类居住的村寨，是黑熊理想的家园。

但就在这个时候，发生了意想不到的事情。

一天上午，省交响乐团到我们野生动物救护站来体验生活。省交响乐团倪团长是我中学同窗，他们想创作一台名为《神秘热带雨林》的交响乐，让我提供方便，出于同窗情谊，我当然不会拒绝。于是，倪团长、作曲兼指挥林爵良和几位主要演奏人员来到我们野生动物救护站体验生活，收集创作素材。我与倪团长已五六年没见面了，免不了要嘘寒问暖叙叙旧情，林爵良和几位演奏人员便自由地在我们野生动物救护站四处逛逛。也怪我，见到老同学太兴奋，竟然忘了交代一句：别走近血眼熊居住的铁笼子。

林爵良是个艺术家，他也许是想找个清静的地方构思新的音乐作品，也许是想找个没人的地方练练指挥的动作，居然捏着一根指挥棒，有节奏地挥舞着，嘴里哼着旋律，一个人穿过小竹林来到血眼熊居住的铁笼旁。

“嗷嗷——”，隔着二十多步远，血眼熊就发出严厉的警告。

林爵良先是被突如其来的吼声吓了一跳，赶紧刹住脚步，抬眼望去，原来是一只被关在铁笼子里的黑熊，便定下心来，又迈步向前。

血眼熊站立起来，一只前掌捂住肚皮，另一只前爪挥舞做撕抓状，本来凹陷在眼窝里的两颗眼珠子鼓凸出来，气势汹汹地咆哮着。

林爵良未免觉得好笑。一只关在铁笼子里的黑熊，要什么威风嘛！你有本事冲出铁笼子来咬我！我谅你也没有这个本事！他冲着它做了个鬼脸，放心大胆地来到铁笼旁。

血眼熊肩颈部的鬃毛“唰”地竖立起来，两只眼睛也开始充血，“嗷——嗷——嗷——嗷——”，它气急败坏地连续吼叫。

风吹竹林发出龙吟般的声响，几只黄鹂在铁笼子后面的小树林啁啾鸣叫，黑熊发出低沉的怒吼……仿佛是大自然一支奇妙的交响乐。林爵良面带微笑，欣赏着这天籁之音。

血眼熊气得发抖，一双眼睛迅速泛红，扑到铁栅栏上，把铁笼子撞得“哐啷哐啷”响，一副困兽犹斗的模样。

艺术家都有幽默感。林爵良觉得一只身陷囹圄的黑熊，如此不自量力，还想从铁笼子里冲出来，确实有幽默感。他潇洒地一甩脑袋，将耷拉在前额的一绺长发甩到脑后，就像在舞台上指挥交响乐团演奏一样，举起那支指挥棒，优雅地挥舞着。他没有恶意，无非是想跟这只关在铁笼子里的黑熊开个无伤大雅的玩笑，幽默一把。

细细长长的金属指挥棒在阳光下闪闪发亮，舞出一片炫目的光斑。

血眼熊死死盯着林爵良手中那根指挥棒，眼珠子变成了血珠子，通红通红的，又像是燃烧的火焰。它好像被鱼刺卡住了喉咙一样，“咯咯咯”地猛烈喘咳着，身体像跳舞般地摇晃起伏。

血眼熊的模样确实有点儿可笑，视线就像被磁石吸住了似的，随着林爵良的指挥棒摇摆移动，他往左去，它也跟着往左去；他往右去，它也跟着往右去。这挺好玩的。他无数次用这根指挥棒在舞台上指挥交响乐演奏，还从来没有指挥过一只黑熊又叫又跳的。这很新鲜，也很刺激。手中这根小小的指挥棒不仅能在舞台上指挥演员，还能让一只黑熊跟着团团转，这让他大开眼界，也让他兴趣盎然。

他愈发起劲地挥舞指挥棒，围着这只大铁笼，一会儿顺时针方向转圈，一会儿逆时针方向转圈，逗引着这只傻乎乎的黑熊也跟着他忽而又蹦又跳，忽而又吼又叫。

血眼熊蹦跳得更加猛烈，吼叫得更加凄凉。

小竹林里的黄鹂也吓得惊叫着飞走了。

林爵良围着铁笼子转来转去，转到了背后那扇铁门。铁门约一米五高，七十厘米宽，朝外开启。当黑熊进到隔层进食，隔层的铁栅栏放下，饲养员耿山就由这扇铁门进到笼子里打扫卫生。铁门用一把挂锁反锁着。

林爵良在铁门外有节奏地挥舞着闪闪发亮的指挥棒，血眼熊在铁门里，全身所有的熊毛都倒竖起来，抓住铁门拼命摇动，还用壮硕的身体猛烈地撞击铁着门。

“哐当啷”，“哐当啷”，铁门猛烈晃动，发出可怕的声响。

这个时候，唐医生正在附近给一头被捕兽铁夹伤了腿的马鹿治疗伤口，听到动静异常，便跑出来想看看出了什么事，刚好就看见林爵良在血眼熊面前挥舞着那根闪闪发亮的指挥棒，而血眼熊愤怒得眼睛像在滴血，她立刻高声喊叫："喂，危险，快离开！"

林爵良意犹未尽，虽有人来干涉，仍兴致勃勃地挥舞手中的指挥棒，给恶声吼叫的血眼熊打着拍子。

这个时候，唐医生离林爵良约有三四十米远，她一面快步向他奔来，一面厉声喊叫："你耳聋了吗？你这个人怎么这样啊！这只黑熊脾气暴躁，你别招惹它，很危险的！"

林爵良这才抱歉地笑笑，往后退却两步，准备结束这个挺好玩的游戏。

这个时候，我也听到血眼熊的怒吼了，冲出办公室，我的办公室在半山坡上，居高临下，刚好看到所发生的一切。

很多人也像我一样，被血眼熊的怒吼和铁笼子的"哐啷哐啷"声惊动，从房屋或兽舍里纷纷跑了出来。

血眼熊两粒血红的眼珠死死盯着林爵良手中那根闪闪发亮的指挥棒，愤怒到了极点，发疯般地用身体撞击铁门。

这只铁笼子有些年头了，从二十世纪八十年代末筹建哀牢山野生动物救护站开始，就有这只专门用来饲养大型猛兽的铁笼子了。也许是年久失修，铁门的铰链经过风吹雨淋严重锈蚀了，也许是铰链本来焊接得就不够牢固，在血眼熊的猛烈撞击下，铁门支撑不住，“哗啦”一声，整个坍塌下来，门户大开。

林爵良愣住了，泥塑木雕般地站在那里发呆。

我也愣住了，浑身直冒冷汗，脑袋一片空白。

血眼熊吼叫着从门洞冲了出来，张牙舞爪地向林爵良扑来。

“快跑！你站着等死呀！快跑！”唐医生扯起喉咙喊叫。

林爵良这才如梦初醒，转身奔逃。血眼熊踩着倒塌的铁门，紧追不舍。

或许是太紧张的缘故，或许是吓得腿发软了，林爵良只跑出十几步远，便一个趔趄摔倒在地，挣扎着爬了起来，才跑了两步，双膝一软又摔倒在地。

血眼熊“嗷嗷”地叫着，大步流星赶往林爵良身边。

“沈站长，使用麻醉枪吧！”饲养员耿山来到我身边大声提议。

“好的，快……快去拿……麻……麻醉枪。”我像得了疟疾一样，身上冷得发抖，连牙齿都在打战，连话也说不利索了，赶紧将一串钥匙递给耿山。

血眼熊离林爵良只有七八步远，林爵良面如土色，已吓得瘫倒在地。唯一能制止血眼熊撒野的麻醉枪，锁在我办公室的铁皮柜里。我心里很清楚，现在去取麻醉枪，根本来不及了。血案瞬间就会发生，等耿山跑进我办公室打开铁皮柜取出麻醉枪，装好麻醉药，只怕林爵良早就被狂怒的血眼熊撕成碎片或碾压成肉饼了。

我在哀牢山野生动物救护站当了十年站长，我知道眼前发生的事情有多么严重。大家都知道这只血眼熊脾气有多么暴躁，赤手空拳的，没有一个人敢上前阻拦。这只血眼熊曾经被村民关在囚笼里活体取胆，对人类充满仇恨，尤其痛恨人类手中拿着的细长的金属管状物，它既然冲出了铁笼，决不会轻饶了惹恼它的林爵良。熊是有名的森林大力士，而这只血眼熊年轻力壮，能徒手扳倒一棵酒盅粗的小树，能抱起两三百斤重的石头，它一旦扑到林爵良身上，后果可想而知。黑熊与人发生冲突，除了用爪撕抓、用牙啃咬外，还有一个绝招，就是把人打倒后，把屁股坐在人的身上，像磨盘似的碾磨，把人的肋骨一根根碾断。林爵良是省交响乐团的首席指挥，跑到我们野生动物救护站来体验生活，第一天就让一只熊给杀死了，必然会成为轰动全国的爆炸性新闻，别说名誉扫地，光经济赔偿就会让我们野生动物救护站彻底完蛋。

转眼间，血眼熊已经追到林爵良跟前，亮出犀利的爪子，露出白森森的犬牙，庞大的身体就像一座黑色的小山，向瘫倒在地上软得像坨湿泥巴一样的林爵良扑下去……

我的脑袋“嗡”的一声冒出无数颗金星，就像失足从万丈悬崖摔下去一样，有一种毁灭般的巨大恐惧。

“混蛋！你要干什么？你住手！不准你撒野！”突然，一个白色的身影像阵风一样从坡上飘了下来，在血眼熊即将扑下去的一瞬间，冲到林爵良和血眼熊之间。随即响起清脆的怒斥声。“滚开！听到没有，滚开！”

哦，是身穿白大褂的唐医生，在血案即将发生的最后一秒钟，她勇敢地冲了上去，挡住了杀气腾腾的血眼熊。

“你的心肠也忒狠毒了，他不过是跟你开了个玩笑，你就要杀死他，你简直就是个恶魔！”唐医生站在血眼熊面前，双方的距离顶多只有半米，血眼熊比唐医生整整高出一头，唐医生仰着头数落着，“我在这里，就不许你无法无天！”

当身穿白大褂的唐医生突然出现在血眼熊面前，所有人都看见，血眼熊怔了一怔，两只血红的眼珠子眨巴了几下，突然间高声吼叫起来，“嗷——嗷——”，声音大得吓人，简直可以用震耳欲聋来形容，全身熊毛再一次竖立起来，本来就高大粗壮的身躯变得更魁梧强壮了。它本来用一只前掌捂住自己的肚子，另一只前掌做扑打撕抓状，现在捂住肚皮的那只也伸了出来，两只前掌一起扑打撕抓着。它的模样极其可怕，好像要把唐医生一口吞吃了。

“我们每人拿一根棍子，去吓唬它一下如何？”野生动物救护站宫副站长带着五六位饲养员，每位饲养员手里捏着一根结实的木棍，向我建议道。

我坚决地摇了摇头。我在哀牢山野生动物救护站当了十年站长，在实践中积累了一些动物知识。假如此时此刻从铁笼子里逃出来的是一只老虎，还好对付些，一伙人举着木棍冲过去高声呐喊，是可以将老虎吓跑的。但黑熊比老虎难对付多了。民间就有“头熊二猪三虎”的说法，把熊排在第一位，可见熊的厉害。我了解黑熊，非常固执，胆大包天，很有点二杆子和愣头青的脾气。曾发生过这样的事，一只黑熊在溪流边捉到一条娃娃鱼，正要享用这一美味，一只过路的孟加拉虎看见了，便来抢夺，黑熊与孟加拉虎展开了一场恶斗。黑熊的肚皮被咬开一个口子，肠子都流出来了，仍顽强搏杀，一步也不肯后退。这场恶斗持续了一个多小时，黑熊被老虎咬死了，但直到咽气，它仍死死咬住一条虎腿不松口，结果那只孟加拉虎也受了重伤，一条腿被咬断，丧失了狩猎能力，半个月后成为密林深处的一具饿殍。一伙人拿着木棒去吓唬血眼熊，绝不可能将它吓走，极有可能适得其反，让它火上浇油，暴跳如雷，疯狂反扑，令更多的人受到伤害。

唯一能有效制止血眼熊行凶的办法，就是麻醉枪，但耿山还没取来。

我当然担心唐医生的安危，但我注意到一个细节：血眼熊虽然吼声如雷，全身熊毛竖立，模样极其可怕，但它那只本来紧紧捂住肚皮的前掌却松开了，与另一只一起扑打撕抓着。不知道为什么，我对这个细节特别敏感，我有一种奇怪的感觉，血眼熊的这个细节，正是对唐医生信任和友好的表示。

“你混蛋！做出这副凶神恶煞的样子来，是要吓死

我还是怎么着?”唐医生就像面对一个胡搅蛮缠的病人,气愤地斥责,“你真是世界上最不讲理的畜生。忘恩负义,残忍狠毒。我看你真的是脑子进水了。”

让所有人颇感意外的是,血眼熊看起来张牙舞爪挺可怕的,但犀利的爪子却并没有落到唐医生身上,有点儿虚张声势的意思。

“这是野生动物救护站,你懂不懂?是专门帮助像你这样的动物的!在这里没有一个人想害你,所有的人都想帮你。你到这里已经一个多月了,怎么到现在还不明白这个道理呀?你真是天底下最愚蠢的熊!”唐医生连珠炮般地冲着血眼熊喊叫,她一面喊叫,一面用身体遮挡住血眼熊的视线,悄悄用一只脚去踢躺在身后的林爵良;她的用意十分明显,是要他趁机溜走。

林爵良已差不多吓昏了,被唐医生踢醒,像蜥蜴一样在地上爬着。

“爬过来！快爬过来！”许多人都焦急地催促着林爵良。

林爵良骨头早就吓软了，不仅站不起来，爬也爬不快。千不该，万不该，他不该还攥着那根闪闪发亮的指挥棒不放。他根本没意识到，就是那根细长的金属指挥棒，差点儿给他招来了杀身之祸。他吃力地爬行着，手里攥着指挥棒，金属指挥棒在石头路面上磕碰着，“丁零零”，“丁零零”，发出清脆悦耳的声响，在阳光下一闪一闪发出耀眼的光亮。

血眼熊听觉很灵敏，扭头望去，又看到那根让它神经过敏的金属指挥棒了，不由得怒火万丈，转身就要朝林爵良扑去。唐医生急忙移动身体阻拦，“咚”的一声，血眼熊与唐医生无意中撞了一下，血眼熊身高体壮，足有三百斤，唐医生身材娇小，不足一百斤，就像是小舢板与大轮船撞在一起，唐医生被弹出一米多远，一屁股

跌坐在地上，“啊”地惊叫一声。血眼熊的注意力立刻转移到了唐医生身上，它愣住了，站在那里傻傻地望着唐医生，脑袋一上一下晃动着，嘴里还发出“呦嗽，呦嗽”轻柔的叫声，那神情似乎在说：“对不起了，我不是故意要撞你的哦！”

唐医生爬了起来，指着血眼熊的鼻子破口大骂：“你这只蠢熊，你这只坏熊，你竟敢撞我！你的良心喂狗了！你的力气大，是不是？你的爪子很厉害，是不是？可我不怕你，你有什么了不起的？你是木瓜脑袋，你比猪还笨！你就想着有人往你肚子里插金属管子，你怎么不想想，要不是人可怜你，同情你，帮助你，今天你的肚子上还插着那根该死的金属管子呢！你怎么就不明白这个道理呢？”

趁着血眼熊发愣，林爵良又蜥蜴般地爬动起来，那根金属指挥棒磕碰在石头路面发出“叮铃铃”的脆响，在阳光下闪耀着刺眼的光芒。

霎时间，血眼熊的注意力又被吸引了过去，它怒不可遏，就要冲向林爵良。唐医生立刻移动脚步，用自己的身体挡住血眼熊。它往左，她也往左阻拦，它往右，她也往右阻拦。她就像一堵活动的墙，挡住了血眼熊。

趁这个机会，林爵良又像蜥蜴一样爬开去，爬到一丛凤尾竹旁，宫副站长带着几个人跑下去接应，才将林爵良架送到安全地带。

幸好，林爵良除了受到惊吓外，身上毫发无损。

血眼熊看到有人接应林爵良，急得“嗷嗷”叫，伸出一只爪掌想把挡在它面前的唐医生拨拉开。它的爪掌落到唐医生身上，“呲——”，白大褂从肩到下摆被撕开一个大口子。它就像触摸到了火炭，立刻将爪掌缩了回去。

“你真是越来越狂妄了，竟敢撕破我的衣裳！”唐医生将撕破的白大褂脱下来扔到血眼熊脸上，“要你赔！要你赔！你这只混蛋熊，你以为我们没办法对付你吗？别敬酒不吃吃罚酒！”

血眼熊捧着那件白大褂，脑袋垂了下来，似乎有一种内疚的表情。

“你以为你是什么东西，你这副德行，谁稀罕你呀！你以为我们愿意你留在救护站吗？你把自己也看得太伟大了，实话告诉你，我们巴不得你早点儿离开！”唐医生指着血眼熊的鼻子，大声数落着。唐医生大概是太激动了，一面喊叫，一面趋步向前，一步一步向血眼熊逼近。

血眼熊全身熊毛忽而竖立，忽而倒下，连声吼叫，吼叫声透出几分愤怒、几分委屈、几分无奈。唐医生逼近一步，它就后退一步。

这个时候，耿山提着麻醉枪跑过来向我报告：“沈站长，麻醉枪拿来了，麻醉药我也装好了，怎么样，开枪吗？”

我们的位置与血眼熊的位置相距二十多步，在麻醉枪的有效射程内。耿山年轻时当过兵，在部队是有名的神枪手，只要我点点头，耿山一扣扳机，玻璃瓶麻醉弹就像蚂蟥一般叮在血眼熊身上，无色透明的麻醉药会自动缓缓地注入血眼熊体内，一分钟后，麻醉药就会发生作用，血眼熊就会进入昏睡状态。可我想了想，果断地摇了摇头。我不是不关心唐医生的安危，我当然要把唐医生的安危放在首要位置，但我发现了一个特别的细节：血眼熊虽然吼叫得很厉害，张牙舞爪的模样很可怕，但它的那双眼睛，原先红得像两粒血珠子，现在颜色却渐渐变淡，变成了正常的黑色。我多年与动物打交道，我深信“眼睛是心灵的窗户”这句名言，我十分在意血眼熊血红的眼珠变成正常颜色这个细节，我相信，这个细节明白无误地传递出这样一个信息：此时此刻，血眼熊的心里，没有冤冤相报，没有刻骨仇恨，更没有杀戮冲动，只有一片正在弥散开来的温情……

“你实在要离开我们救护站，我们是不会阻拦你的。”唐医生又朝前跨了半步，用拳头去擂血眼熊厚实的胸脯，“你还赖在这里干吗？别指望我们会为你开欢送会。快离开这里吧，没人愿意再看到你了。”唐医生的拳头就像擂鼓一样落在血眼熊身上，逼得它一步一步往后退却。

现在出现了颇为滑稽的一幕：一只身高近两米、粗壮高大的黑熊，一个娇小瘦弱的女人，面对面站立着，娇小瘦弱的女人显得十分泼辣，盛气凌人地指着黑熊的鼻子呵斥，还不时用软弱无力的拳头去擂打黑熊的胸脯；而黑熊傻乎乎地望着比自己矮了一大截的女人，野性不知道跑哪里去了，一步一步后退。

“你这副德行，我们再也不想看见你了，谢天谢地，你走得越远越好。”唐医生喋喋不休地数落着，“走吧，走吧，你这只笨熊，但愿从此以后，你能学得机灵一点儿，闻到人的气味就赶紧躲得远远的，躲进闻不到人的气味的深山老林里去！别踩到捕兽铁夹，别掉进捕兽陷阱，别再遭猎人暗算！”

血眼熊一步步往后退却，退出野生动物救护站大门，突然一个转身蹿跳了几步，离开唐医生，向山坡一片茂密的树林跑去。“欧——欧——”，它一边跑，还一边发出委屈的吼声。

穿过那片茂密的树林，就是野象谷自然保护区，也是血眼熊最理想的新家园。

一场即将发生的血案，转眼间以喜剧结尾。

嘿嘿，一路走好，恕不远送了。

4

情豹布哈依

QINGBAO
BUHAYI

一

月牙儿洒下一层清辉，树林一片静谧。

在红毛榉树丛里，幽灵般地闪出一只小黄麂。它转动栗仁似的眼珠子，左瞧右瞧，没有可疑的草影摇动，也不见可怕的绿莹莹的兽眼。继而它竖起两只尖尖的招风耳，四面谛听。夜风轻柔，树影婆娑，没有食肉兽脚爪践踏大地的“沙沙”声响。它又迎风耸动肉感很强的鼻翼，没闻到食肉兽身上讨厌的腥臭，只嗅到了弥漫在夜空中的羊蹄甲花的清香。它这才举起四条柴棍似的细腿，朝山坳里明镜似的碱水塘走去。

它渴了，想去喝口盐碱水。

它越过那片开阔的斑茅草地，来到独木成林的古榕树前。这棵垂挂着五六十株气根的千年大榕树黑黢黢的，里头藏着深沉的夜，似乎也藏着夜幕下的阴谋。它又犹豫地停了下来。

对孱弱的食草动物来说，处处有陷阱，必须十分谨慎小心。

这时，榕树上传来猫头鹰“啾儿啾儿”的啸叫。猫头鹰有一双锐利的眼睛，能看透黑夜。倘若周围有什么危险，猫头鹰早飞走了。猫头鹰悠扬的啸叫，似乎在向除了鼠类外所有弱小动物报告着夜的平安。

小黄麂这才放心大胆地踏进古榕树浓浓的树影。

突然间，头顶的树杈上传来轻微的窸窣声。小黄麂一愣，不像是宿鸟在巢窠翻身，也不像是猫头鹰在俯冲捉老鼠。不好，是坚硬的兽爪在抠抓树皮。它立刻曲蹲身体，想拼命朝前蹿跳，逃出这让它心惊胆战的古榕树，但已经迟了，一只金钱豹像张金色的网，从它头顶四米来高的一根树枝上无声飘落下来，正罩在它身上。

“咔嚓”一声，小黄麂的脊梁骨被压断了。

这是头五岁龄的公豹，名叫布哈依。对生活在德宏盈江峡谷亚热带丛林里的金钱豹来说，五岁正是青春好年华。它饰有褐色金钱斑纹的豹皮色泽鲜艳，那根镶有九节黑色花环的豹尾坚挺有力，四只圈有银白绒毛的爪子尖锐犀利，金色胡须和黑色唇吻间的那口豹牙闪烁着令一切食草动物心惊肉跳的寒光。从树枝上居高临下朝目标扑击，是它惯用的猎食方式。即使目标反应特别敏捷，没等它落到身上就弹跳开去，也极难逃脱它的尖爪

利牙。它的弹跳远达四米，奔跑起来最高时速可达五十公里。

布哈依用三只爪子按住小黄麂的身体，腾出一只前爪拍拍小黄麂清秀的面颊。小黄麂已永远睁不开眼了。布哈依这才放宽心，踱到一边去，用前爪仔细梳理嘴唇上的胡须。这是猫科动物特殊的身体语言，表达着自己内心的得意。

在蚊蚋成团的树杈上守候了整整一夜，总算没有白辛苦。

小黄麂还没死，躺在地上，四肢不断抽搐着。布哈依伸出舌头舔舔嘴，昨日黄昏从栖身的白鹭崖翻山越岭跑到这里，肚子早已经饿空了，现在胃囊里更是“咕噜咕噜”叫得难受。它很想立刻用尖锐的豹爪撕开小黄麂的胸膛，还能吮吸到又黏又稠的血浆，吃到热气腾腾的新鲜内脏。豹和虎虽然同属猫科动物，行为习性却有很大不同，老虎喜欢从猎物的下肢吃起，豹却爱先开膛掏吃内脏。汁多浆浓、糯滑肥腻的黄麂内脏无疑是顿丰盛精美的早餐。但它只是想想而已。它扬了扬粗壮的豹脖，把贪馋的念头连同满嘴唾液一起咽进肚里。

它要把小黄麂完整地带回白鹭崖下的大肚子石洞，和妻子香格莉共同分享。不，它要把黄麂内脏统统让给香格莉吃。香格莉临近分娩，需要补充营养，才能有充足的体力平安产下豹崽，才能分泌出足够的乳汁来哺养后代。

金钱豹是一种家庭观念很重的动物。

想起妻子，布哈依胸腔里涌起一股似水柔情。香格莉银白色的唇须，紫黛色的嘴吻，眼睑周围一圈金色的绒毛，两只豹眼亮得就像两只小月亮，眨动起来透露出无限娇媚；皮毛色泽淡雅，美丽的金钱斑纹像藏在云里雾里，有一种朦胧的意韵；腹部淡黄色的绒毛间有四只小巧玲珑的乳房，浑身散发着一股如兰似麝的体香。香格莉不仅长得美，还挺会体贴它布哈依。就在昨日黄昏，当它启程前来碱水塘觅食时，香格莉曾温柔地舔着它的额顶，用豹尾抚弄纠缠着它的豹尾，传递着为妻的担忧与告诫，怕毒刺会刺伤它的脚掌，怕毒蛇会咬伤它的身体，怕它遭遇到老虎或象群这样难以对付的天敌。告诫它不要去钻有蛇腥味的草丛，不要觊觎长着四对长獠牙的公野猪所守护的猪伢子，不要冒险攀援陡峭的悬崖去捕捉善于在石壁上跳跃的岩羊，不要到积着锈水的沼泽去咬凶暴的印度鳄，不要上猎人的当去扑食被安置在捕兽铁夹上充当诱饵的小羊羔。香格莉还用嘴巴摩挲着布哈依长着两块洁白毛斑的面颊，将妻子的祝福与希望灌进它的心扉，祝它一到碱水塘就幸运地遇到一头没有任何防卫能力的跛腿牝鹿，或是一只已被猞猁抓伤过的香獐，希望它早早平安归来。

此刻，香格莉一定蹲坐在大肚子石洞口翘首等待着它的凯旋。

布哈依叼着黄麂的脖颈，钻出树林，沿着蜿蜒的山脊线疾行。

紫黛色的山峰背后露出半个太阳，胭脂色的霞光正在驱赶着残夜的阴暗。它半边身体沐浴着晨光，半边身体沉浸在夜色，远远望去，硕大的豹头、流线型的躯体和那根细长的豹尾被阳光镶了道金边，像一幅优美的剪影。

二

说起来，还是那只斑斓猛虎替布哈依和香格莉做的红娘。

那是四个月前的一个傍晚，布哈依转过那道开满杜鹃花的山岬，突然听到前面山坡传来激烈的豹吼虎啸声。它那时还是单身流浪者，正闲得发慌，便循声而去，想看看究竟发生了什么事。它登上一座石岗，定睛去瞧，原来是一只额上饰有“王”字黑纹的孟加拉虎，正在追逐一匹年轻的母豹。看来，虎和豹已周旋了好一阵，母豹背脊上有一条长长的虎爪痕，淌着血。

在盈江峡谷的森林里，虎是豹的天敌。虎的体格比豹伟岸，生性比豹凶残，与豹同属猫科动物，熟悉豹的撕咬手段，较容易将豹置于死地。尤其是孟加拉虎，奔跑起来最高时速可达六十公里，一次扑跃的最远距离可达五米，不管是比跑还是比跳，金钱豹都不是其对手。当然，豹爪、豹牙也不是豆腐做的，弄不好也能给老虎以沉重的伤害。因此，老虎对付豹子比对付麂、鹿、羚羊、草兔要谨慎得多。在对付孱弱的食草动物时，老虎无所顾忌地穷追猛撵，但在与豹交手时，老虎一开始并不急着和豹咬成一团，而是用凶猛的啸叫进行恫吓，追追停停，作势佯攻，逐渐消耗掉豹的体力，摧垮豹的生存意志，这才认真扑上来开始致命的厮杀。

虎豹争斗极容易造成这样一种局面：豹子眼看自己面对贪婪的饿虎逃也逃不脱，甩也甩不掉，咬也咬不赢，便会萌生出爬树逃命的念头。豹虽然不是老虎的对手，却比老虎多了一种生存的技能，会爬树。老虎永远也不会爬树。

不幸的是，豹的这种逃生技能恰恰会把自己的性命送进虎口。

狡猾的老虎在进行了几次试探性的扑击后，会突然间稍稍拉开与豹的距离，这是有意给豹造成一种心理错觉，让它们以为能争抢到上树的时间。于是，豹便瞅准一棵大树，用尖利的趾甲抠住粗糙的树皮迅速往上攀爬。这正中了虎的奸计。老虎等到豹子爬上树干两米高处时，突然从远处像股黄色的飓风疾奔过来，一眨眼的工夫便赶到大树下。这时，豹顶多爬上三米高的树腰，而成年虎可跳跃四米来高。老虎竖直身体高高扑上树，把两只有力的虎前爪一下搭在豹的肩胛上，将豹从树干上强行撕扯下来。就在豹顺着树干往下跌滑的当儿，老虎又一口咬住豹的颈椎。豹背对着虎，没有任何还手之力，落在地面时已奄奄一息了。

一般来说，凡虎豹之争，豹都是死在一棵大树下的。

弄巧成拙，优势也会成为致命的因素。

眼前这匹年轻的母豹正在犯着豹族通常所犯的错误，朝一棵一围多粗的云杉奔去，希望能爬上树去躲过这场灾难。

可恶的孟加拉虎迅猛地朝云杉树冲刺。

布哈依明白，只要一眨眼的工夫，这匹正在树干上吃力地向上攀爬着的母豹就会成为那只饿虎的一顿美餐。

说不清是出于一种对同类的怜悯，还是出于一种雄性的侠义心肠，布哈依来不及犹豫，吼叫一声飞快冲下石岗，在孟加拉虎起跳的一瞬间，也蹿跃起来。豹和虎在空中相撞，就像两道闪电在空中迸出一个轰隆的雷霆。轰然一声，布哈依和孟加拉虎在空中打了个短暂的照面，一起笔直地跌落到地面。好险啊！两只雪白的虎爪差点就揪住了母豹的肩胛了。

布哈依是从虎的侧面往上蹿跳，豹头结实地撞在虎腰上。虎落在地面，狼狈不堪地打了几个滚，这才站立起来。布哈依趁老虎立足未稳、晕头转向之际，两只豹爪在虎臀上狠劲抓了一把，撕下两团虎毛。

孟加拉虎虽然稀里糊涂地被撞了一下，又被抓了一把，但它毕竟是森林之王，受到打击后仍威风不减，一

且站定，立刻发出一声狂啸，张开血盆大口，朝布哈依扑来。布哈依早有防备，纵身一跃闪开了。

这时，年轻的母豹从云杉树上跳了下来，两匹豹一左一右对孟加拉虎形成夹击之势。

一只虎是极难同时对付两匹豹的。孟加拉虎悻悻地哼了两声，扭头闪进荒草丛。

这只虎口逃生的年轻母豹就是香格莉。

等到老虎身上那股可怕的气味从盛开着杜鹃花的山岬上消散尽，布哈依才仔细打量了一眼站在自己面前的异性同类。它细腰肥臀，羞怯的眼光含有一种情窦初开的娇态。布哈依看出来了，这是一只刚刚被父母清出家庭、开始独立闯荡世界的母豹，名花还没有主，正待字闺中，想寻觅情投意合的伴侣。布哈依怦然心动。它是一只单身公豹，正处于渴慕异性的年龄。它迈着绅士般的优雅步伐走到香格莉身边，用舌头一遍又一遍舔舐着香格莉背脊上被虎爪抓出的伤痕。

救命之恩又添一片柔情。

香格莉依偎在它身边，用豹特殊的语汇，“呜呜咿咿”地诉说着自己的爱慕。

夜色多么好，令豹心生向往。它和香格莉肩并肩来到大盈江畔，不费吹灰之力就逮到一只狗獾。它叼头，香格莉衔尾，把狗獾拖拽到白鹭崖下一个大肚子石洞里。

狗獾成了它们丰盛的婚宴，大肚子石洞成了它们理想的婚床。

很快，香格莉腹部隆起，这是它们爱情的结晶。

三

下到深箐，蹚过一条清亮的小溪，就可以看见山谷对面紫气氤氲的白鹭崖了。布哈依跑累了，也渴了，就把小黄麂搁在一块大卵石上，趴在水面，将豹舌卷成钩状，钩了几口甜滋滋的山泉水。当它从小溪边抬起头来时，白鹭崖顶那片遮挡视线的云雾刚好被晨风吹散。不好，大肚子石洞前那块碧绿的草坪上，赫然出现一群大象。隔得远，看不清象们在干什么，也听不到吼叫声。但不管怎么样，脾气暴躁的象出现在豹窝前，绝不会是来串门做客走亲戚的。

它立刻重新叼起黄麂，用最快的速度朝白鹭崖疾奔。不一会，它就赶到离大肚子石洞约一百米的一片灌丛里。

有十几头灰毛大公象围在石洞口。每一双象眼里都充满了刻骨仇恨。“呦——呦——”，大公象们朝洞内发出挑衅的吼叫。听不到也看不见石洞内的动静，布哈依希望香格莉已不在石洞内了，这样就可以省掉许多麻烦。它的希望落空了。一头毛色瓦灰的独牙象走到洞口，将长长的象鼻捅进洞去，大概是想试探一下洞里到底是否藏着豹。布哈依看见，独牙象的鼻子刚探进洞，立刻像被火烫了似的缩了回来，长鼻子使劲在空中打着晃荡，“呦嗬呦嗬……”，粉红色的象嘴里发出一串呻吟。不难想象，是香格莉在洞内用豹爪抓疼了象鼻。

布哈依不知道这群大象为啥要气势汹汹地围攻大肚子石洞。香格莉虽然有豹子胆，但腆着大肚皮临近分娩，绝对不会没事找事去主动招惹象群的。金钱豹和亚洲象都是盈江峡谷的猛兽，一般情况下是井水不犯河水，彼此和平共处。象是素食动物，看见金钱豹引不起食欲。金钱豹虽然对乳象的肉有兴趣，但象群很团结，一旦有一只乳象遭到袭击，所有的成年公象马上就会赶过来支援。别说金钱豹了，就是号称“森林之王”的孟加拉虎，对象群也畏惧三分。无论是豹爪还是虎爪，无论是豹牙还是虎牙，都很难撕咬开成年象坚韧厚实的象皮。庞大的身躯，结实的象蹄，犀利的象牙和灵巧自如的象鼻子，很容易使进犯者遭受致命的伤害。布哈依曾亲眼看见过一只雌虎被象群团团围住，几十条象鼻上下抡飞，把雌虎抽打得在地上打滚，当雌虎晕倒后，又被象蹄踩碎了脊梁。金钱豹也好，孟加拉虎也好，不是饿得实在没办法了，是不会铤而走险去打象群主意的。即使真有胆大妄为的豹或虎想叼只乳象换换口味，通常也只能采取突然袭击的办法，隐蔽在象道旁茂密的灌丛里，等象群接近，突然窜出来，扑到一头乳象背上，一把抓住头颈猛力往后拉，同时调动全身的力量猛地往前顶，在最短的时间里，将粗壮的乳象脖颈折断。然后，趁象群还没醒悟过来是怎么回事，跳下乳象背，一溜烟地逃走。等到半夜，悲愤的象群离开后，豹或虎才敢回来拖食早已倒毙的乳象。

极有可能，这群亚洲象在最近几天里曾遭到过一只豹子的偷袭，豹子咬死乳象后逃走了，象群当时撵不上豹子，便怀恨在心，伺机复仇。刚才它们从白鹭崖下经过，恰巧望见蹲坐在洞口的香格莉，也可能是它们闻到了大肚子石洞内有金钱豹的气味，便把无辜的香格莉误当作是伤害乳象的凶手。

替同类背黑锅，这在野生动物里并不算稀罕事。没地方说理去。

布哈依静静地蹲伏在灌丛里，暂时不想有什么举动。它看出来，大肚子石洞外虽然热闹，却是有惊无险。洞口很小，公象庞大的身躯根本挤不进去。洞壁是坚硬的花岗岩，象牙再犀利也掘不开的。只要香格莉赖在洞里不出来，象群就拿它没办法。香格莉生性聪慧，不会傻乎乎跑出来送死的。布哈依想，象们在洞口瞎折腾半天，会渐渐失去耐心，当太阳快落山时，公象就会用粗鲁的喉咙发出恶毒的咒骂，然后恶作剧般地在洞口屙上几泡象屎，无可奈何地撤离白鹭崖。

这是解决危机的最好办法。

布哈依沉住气，耐心地等待着。

太阳当顶，大地干燥得就像被火烤过。象群已开始有点儿不耐烦了，有两头公象干脆从没有任何遮拦的洞口溜到山沟树荫下去乘凉了。

也许不用等到太阳落山，象群就会撤退了，布哈依想。

那头瓦灰色的独牙象是这群野象的头领，它翘起长鼻子凝望了一下远方，突然小跑着来到石洞左侧一片沙土地上，用那根杏黄色的象牙掘起了土。被太阳晒成粉粒状的沙土地扬起一团尘埃。它用鼻尖卷起一撮沙土，回到洞口，一扬长鼻子，“噗”的一声，一团轻烟似的沙土被猛地喷射进洞去。“呦——”，独牙象威严地喝叫一声。洞口所有的公象，包括那两头躲到树荫下的懒象，都依样画葫芦，学着独牙象的样，朝石洞里喷射着粉尘一样的沙土。

布哈依不安地站了起来。狡猾的独牙象这一招实在毒辣，大肚子石洞是个死洞，里头空间并不大，飞扬的沙土会弄得香格莉睁不开眼，呛得它无法呼吸，令它憋得忍受不住而窜出洞来。

这时，白鹭崖右侧那块狭窄的悬崖上，守护着乳象的母象群中，又跑来两头白母象，一右一左站在石洞口，用长鼻子对着洞内“呼呼”吹去。这就像两部威力巨大的鼓风机，将降落在地面的沙土又沸沸扬扬地吹腾起来。洞口漫出滚滚黄尘，洞内的情景可想而知。

“啾嘀，啾嘀”，石洞里传来香格莉剧烈的喘咳声，声音沉闷，透出无限痛苦。再这样下去，用不了多久，香格莉不是在洞里窒息而死，就是晕头转向地跑出洞来，暴露在象蹄、象牙和象鼻前面。

它布哈依假如再继续躲在灌林里无所作为，就不是公豹了。

四

布哈依开始想大吼一声径直冲向洞口的象群，不管三七二十一，乱扑乱咬一通。大公象在突如其来的袭击面前必然会发生混乱，香格莉就可以趁机钻出洞来溜进树林去了。但它很快放弃了这种打算。洞口有十几头公象，它布哈依扑得再猛，咬得再凶，也不能把十几头大公象一齐吸引到自己的身上来。只要有两三头大公象滞留在洞口，事情就有可能弄砸。香格莉临近分娩，动作难免笨拙，又呛了许多沙土，也许眼睛只能睁开一条缝，很难做到像一只正常状态下的金钱豹那样机敏地在象蹄间左右穿行，逃出险境。万一被象鼻抽到，或者被象蹄踩中，后果不堪设想。它不能拿香格莉的性命和腹中的宝贝豹崽去冒险。它要寻找一个万无一失的解救香格莉的办法。它铜铃似的豹眼落在白鹭崖右侧那块悬崖上。那儿有一片稀疏的苦楝林，林中有七八头母象和五六头乳象。母象大都慵懒地躺卧在树荫下，乳象在林中追逐嬉戏。假如它出其不意地扑到悬崖上撕咬乳象，大公象必然会心急如焚地离开石洞跑来救护。因为，后代的安全毕竟要比置一匹囚禁在石洞里的豹子于死地重要得多。苦楝林里母象们的视线和注意力，都被石洞口那场对象们来说颇为精彩颇为妙哉的沙土抛掷战吸引住了。乳象嬉闹的位置离母象有段距离，布哈依只要动作迅猛再迅猛，有把握在母象们惊吼之前咬翻两头乳象。这样就更能刺激母象发疯般地哀嚎起来，把宁静的悬崖搅成象心惶惶的屠宰场，不愁洞口的大公象们不火烧屁股般地朝悬崖奔来。当然，这样做它自己的危险很大。悬崖很窄，像条带子，三面都是好几丈深的绝壁，只要它撤退的动作迟缓一步，被大公象切断唯一的退路，除非像鸟那样长出翅膀来，否则它是在劫难逃的。

只要香格莉和腹中的豹崽能安然无恙地摆脱险境，它布哈依就值得到象阵中去闯一闯。

布哈依不再犹豫，扯了两把草叶盖住小黄麂，便绕了个圈朝悬崖飞扑而去。

一切跟它想象的差不多。它拧断了一只灰毛乳象的脖颈，又把一只白毛乳象的脸撕得稀巴烂。母象的哀嚎简直要把盈江水都吓得倒流回去。它一面进行着残忍的屠杀，一面瞅着大肚子石洞那儿的动静。大公象们果然上当，朝悬崖蜂拥而来。它如果这时撒腿就溜，大公象是来不及把它围困在悬崖上的。可是，香格莉还没从洞里钻出来。它张开豹嘴发出一声焦急的长吼。它还有点儿时间，它可以再等等。万一它现在撒腿跑了，大公象又折回大肚子石洞，岂不是前功尽弃了。一不做二不休，它又扑向一头半岁龄的乳象，叼住那条稚嫩的象鼻子左右甩动，乳象在地上打滚哭泣。

哦，香格莉终于从洞里钻出来了。香格莉步履踉跄，跨出洞口后“吭哧吭哧”喘咳了两声，又用前爪使劲揉揉眼睛和鼻翼，这才窜进树丛去。好险哪！要是它布哈依不是扑到悬崖来咬乳象，而是径直冲到石洞前和大公象周旋，香格莉在洞口的短暂逗留，极有可能会送掉性命。

远处的树林里传来香格莉脱险后的吼叫。

它该撤出这块是非之地了，布哈依想。它松开豹嘴，给那头喊爹哭娘的半岁龄乳象留一条活命。它纵身跳跃着想窜出悬崖去。但已经迟了，七八头大公象一字形排开，好似给窄窄的悬崖安了道结实的篱笆墙。隔几步就有一头大公象，伸直长鼻子便可以触摸到彼此的鼻尖。这道用大象庞大的身体编织成的活动篱笆墙如此严密，它甭想找到空隙钻出去。

大公象彼此呼应着一步步朝它压过来。

母象也从两侧对它发起包抄。

布哈依突然觉得，象群这阵势极像一只正在收拢的渔网，而它是一条落在网里的鱼。

象群愤怒地吼叫着，象眼里喷射出复仇的火焰。尤其是母象们，蒲扇似的大耳朵前后扇动着，恨不得立刻把它碎尸万段。

它一步步朝后退却，退向悬崖的尽头。

动物都有死里求生的本能，金钱豹也不例外。布哈依可不愿领教被象蹄踩断肋骨、被象牙刺透豹腹是什么滋味。

它退到悬崖边缘，已无路可退了。象群突然停止了吼叫，悬崖一片沉寂。它明白，这是搏杀的前奏。它曲起四只豹爪，暗中做好准备。中间两头公象撅起长牙、踢蹬象蹄，就要朝它冲刺过来了，这是它冲出包围圈的最后机会，它冷不丁咆哮一声，张牙舞爪地朝正中间两头已撅起长牙的公象扑去。

反咬一口是猫科动物的拿手好戏。

那两头公象没料到它会正面反扑，愣了愣神。这正中布哈依的下怀，它抓住两头公象愣神的刹那机会，窜到离象牙还有两三米远的地方，后腿拼命一蹬，豹腰一挺，身体竖直起来，高高跳起，在空中划出一道金色的弧线，从两头公象的头顶翻越过去。

金钱豹最高能跳三米，成年大公象的身高差不多也有三米。这真是孤注一掷的跳跃。两头公象只要站着原地不动，扬起鼻子，就能把布哈依拦截住并掼倒在地。

大公象扬起鼻子的高度可达五米。金钱豹再进化十万年也跳不过这个高度。但站在正面的这两头公象被布哈依张牙舞爪的假象迷惑住了，还以为豹爪是要朝自己脸上撕抓，愣愣地撅起象牙等待着。当布哈依跃过它们头顶，它们才回过神来，扬起长鼻去拦截，已经迟了，那条长鼻只来得及抚摩一下豹尾。

布哈依翻过公象头顶，身体还没落地，一颗悬着的豹心已经落地。只要跳出包围圈它就算捡回了一条命。它落在公象屁股后面，只要前爪一沾地，立刻又可以进行第二次窜跃。象的身体过于庞大，回转身来是要费点儿劲的。等公象们转过身来时，它起码已逃出好几十米远。即使豹和象站在同一条起跑线上，象也跑不过豹的。拜拜了，亲爱的象们。

它心花怒放，它轻松愉快，它得意非凡。

可它前爪刚落地，落地的豹心陡地又悬到了嗓子眼。面前又是一道公象和母象混合编成的结结实实的篱笆墙，那头瓦灰色的独牙公象就伫立在离它一步之遥的地方。豹有豹的高招，象有象的诀窍。独牙公象仿佛早就料到它会来这一招空中飞豹似的，正设置了第二道包围圈等着它呢。

这可恶的天打五雷轰的该死的独牙象！

现在该轮到它布哈依傻眼了。

啪！独牙象粗大的鼻子抽在它鼻梁上，它闻到了从鼻孔漫出来的血腥味。独牙象抬起小磨盘似的蹄子，朝它背脊猛踩过来。它赶紧就地打了个滚，躲过这摄魂夺命的无情践踏。脊梁倒是没被踩断，那根豹尾却落到象蹄底下。好几头公象舞鼻撅牙地奔过来了。豹尾像生了根，怎么也拔不出来。又有两只象蹄瞄准它脖颈踩来，要真是被踩上一脚，怕就永世不得翻身了。它四只爪子紧紧抠在地上，嚎叫一声拼命朝前蹿去，“嘣”，它只觉

得尾根那儿撕心裂肺地疼，身体倒是蹿出一丈多远，它虽然躲开了乱蹄的踩踏，豹尾却永远送给象群了。这大概是世界上最昂贵的礼物，对豹来说。

大公象们仍争先恐后地向它冲来。它的肩胛被象牙捅了一下，耳朵也被象鼻抽得嗡嗡响。它绝望了，不再想逃生，只希望能在被愤怒的象群踩成肉泥前，多咬伤几头象，别太亏本了。

独牙象用高亢的吼声指挥着群象将它团团围住。它恨透了这狡诈的头象，不顾一切地扑跳起来，四只豹爪紧紧搂住象鼻，朝独牙象脑袋瓜咬去。独牙象惊天动地怒吼一声，像晃秋千似的抡动长鼻。它没料到象鼻的力量竟如此之大，它搂不住，身体被凌空抛起，甩出一丈多远，重重跌在悬崖边。一头母象眼里淌着泪，吼叫着赶过来在它背上踩了一脚。看得出，这是那头被它拧断脖颈的灰毛乳象的母亲，它踩得又猛又狠，把全部仇恨都集中在象蹄上。“咔”，它腰眼下传来骨头断裂的脆响。它的两条后腿变得不听使唤，怎么也站不起来了。大公象像一座座移动的小山朝它压过来，除非它愿意被愤怒的象群踩成肉泥，否则它只有一条路可走，就是从悬崖上滚下去。悬崖有几十丈深，底下是一片山茅草，或许还能保住半条命。独牙象撅起那根犀利的象牙，朝它柔软的腹部戳过来了，它用两只前爪扒住悬崖边缘的岩石，将上半身探出悬崖外，硕大的豹头猛地往下一勾，轰隆隆，土屑碎石伴随着它的身体一起滚下深渊，悬崖上扬起一团旋涡似的尘埃。

亚洲象庞大的身体无法从陡峭的石壁下到深渊去看个究竟。象群在独牙公象的率领下，用长鼻卷来碗口粗细的小树和蕉叶大小的石片石块，从危崖上抛下深渊，折腾到暮色苍茫，象群才离开白鹭崖。

五

布哈依没有死。峭壁上有几丛灌木，减弱了它下滚的速度。悬崖并不太深，底下又是厚实茂密富有弹性的山茅草丛。尽管它还活着，却也只剩下半条命了。峭壁上的岩角石棱和长着倒刺的荆棘划得它遍体鳞伤，象群抛掷的一块石片削掉了它半只耳朵，潇洒漂亮的豹尾断了，最要命的是，腰眼部位的脊椎骨也被象蹄踩断，下肢不能动弹了。

当天夜晚，母豹香格莉绕了很远的路，在悬崖底下找到了它。它又靠两条前肢爬了整整一夜，才爬回白鹭崖下的大肚子石洞。

中午，受到惊吓的香格莉提前分娩了，产下四只毛茸茸的小豹崽。香格莉产崽的时候流了不少血，石洞里弥漫着一股浓烈的血腥味。

藏在灌丛里的黄麂被贪婪的豺狗拖走了，躺在悬崖上被拧断了脖子的灰毛乳象，也被惯食腐尸的秃鹫啄了个精光。

金钱豹是昼伏夜行的动物，分娩的当天夜晚，香格莉就拖着还在滴血的虚弱的身体，出洞去觅食。

翌日晨，香格莉疲惫不堪地叼着一只长耳朵野兔回来了。野兔身上有狐狸的骚味，看得出来，香格莉是从狐狸的爪牙下捡了便宜。

一匹成年豹每天的食量是两到三只野兔，两匹豹分食一只野兔，只能算是吃了半道点心。布哈依啃了一只兔头和两条兔前腿，任香格莉再怎么推让，也不再吃了。香格莉要喂奶，又要猎食，应当多吃点。

并不是天天都能从狐狸那儿捡到便宜。第二天，香格莉在树林里游荡了整整一夜，什么也没逮到。它布哈依是成年豹，饿一天还无所谓，四只小豹崽就惨了，香

格莉空着肚子，分泌不出什么奶来，小家伙们就饿得“咿咿呀呀”直叫唤。

第三天，香格莉叼回一大块发烂生蛆、恶臭熏天的马肉。布哈依不用猜也知道，这是饿极了的香格莉从秃鹫铁钩似的喙下抢来的腐尸。

香格莉先撕了一块马肉送到它嘴边，然后，蹲在一旁用忐忑不安的眼光望着它。它明白，香格莉是担心它咽不下这种臭肉。金钱豹不是秃鹫和鬣狗，无法将生蛆的腐肉当美食。腐肉那股恶臭令它作呕。金钱豹生性高傲，喜食活物，正常状态下，别说这种已变质的腐尸，即便是别的食肉兽刚刚咬死的猎物，它们都不屑一顾。面对这块肮脏的臭马肉，布哈依的胃囊一阵阵痉挛，刚才难以忍受的饥饿感和强烈的食欲不知逃到哪个旮旯里去了。可它眨动着豹眼，尽量做出一副喜出望外的表情，急不可耐地伸出前爪搂住那块臭马肉，张嘴大嚼起来。它津津有味地舔着马骨上的残渣和血丝，似乎比吃黄麂糯滑的内脏还要高兴。

“呦——”，香格莉发出一声宽慰的吼叫，也低头去吃腐臭的马肉。

它还有什么可挑剔的，它已经伤得站不起来了，要不是香格莉找来食物，它只有活活饿死。吃腐肉总比活活饿死要强。即使它面对腐臭的马肉露出厌恶的神情，那难以下咽的马肉也绝对不会变成一堆新鲜的黄麂肉，反而会使香格莉伤心难受。这实在没必要，布哈依想。

它很清楚香格莉所面临的艰辛。

豹和虎虽同属哺乳纲猫科食肉类猛兽，却是不同的物种，有着完全不同的生活习性和行为规范。雌虎和雄虎都是单身独居，除了短暂的发情期，都各自生活在自己的领地里。雌虎凭借着强壮的躯体和百兽之王的威名，独自承担起抚养后代的辛劳。豹就不同了，豹虽然

性情和虎同样凶猛，但体格比虎要小得多，爪牙也没虎那么锐利，不像虎那样处于食物链的顶端——也就是说只把其他动物当作自己的食物，而自己从来不会被别的兽类视作食物，当然，毫无防卫能力的幼虎除外。豹就没那么幸运了，豹在自然界食物链中处于中间环节。饿虎会袭击豹，长着四枚獠牙的公野猪也敢同豹一决雌雄，还有老熊、大象、豺群、鬣狗、巨蟒和沼泽地里的鳄鱼都是豹生存的潜在威胁。金钱豹是豹类的一种，也叫华南豹，比云豹要大些，比雪豹的体格瘦小一圈，无法像猛虎那样一掌就把马鹿或獐子击倒在地。一般来说，两只豹需要互相配合，才能成功捕获中型和大型食草兽。尤其是处于四期（怀孕、分娩、哺乳、育儿）的雌豹，奔跑速度大大减弱，很难独自养活一窝宝贝。分娩后的雌豹不像雌虎那样，两三天即可恢复体力外出觅食，雌豹起码要经过一两个月的休养生息，才能达到分娩前的狩猎水平。在适者生存这条丛林法则的作用下，金钱豹雌雄同栖，形成了一夫一妻的婚配形式。公豹是分娩期母豹的生存依靠，可现在，它布哈依不仅没法外出狩猎向香格莉提供食物，反而要依赖香格莉活下去，它感到羞愧。

能活下来已经是个奇迹了。

瞧香格莉，才短短几天，就差不多累垮了，丰腴的身段变得瘦骨嶙峋，挺直的脊梁也弯成月牙形，青春娇媚的脸也明显变得憔悴不堪。

布哈依难过得豹鼻发酸。

恶臭的腐肉没多少营养，香格莉尽管吞吃了一大块马肉，乳汁仍稀薄寡淡，也许还沾染了一股腐烂的气味。四只小豹崽在香格莉乳房上又抓又咬，扯着嗓子嗷嗷直叫，抗议这质次量少的母乳。

香格莉的乳头大概是被弄疼了，有点粗鲁地用前爪把两只小豹崽推搡开，又用嘴叼住另外两只小豹崽甩到自己背后。

四只不懂事的小豹崽绕了个圈，又从香格莉的后胯钻进母亲怀中，啃咬乳头。

香格莉“呼哧”叹了口气，不再驱赶小宝贝。它侧身躺卧在地上，眼睑颤抖着，嘴角歪扭着，强忍着哺乳给它带来的痛苦。

哺乳本是一种甜蜜的情感交流，是一种轻松的生命互恋。对母豹来说，把饱满芬芳的乳汁喂给豹崽，应当涌起无端的柔情，萌生神圣的母爱才对。

布哈依心里很清楚，食物短缺使得美妙无比的哺乳过程变成了难以忍受的折磨。

它的心隐隐作痛，它闭起眼睛，不忍心再看下去。

它只有一个强烈的愿望，自己身上的伤痛赶快痊愈。只要能重新站起来，它要不分白天黑夜地泡在森林里，每天逮一头油光水滑的马鹿，或者抓一只活蹦乱跳的羊羔，让香格莉痛痛快快吃个饱，让妻子四只快要干涸的乳房变得像汛期的山泉。

它相信这样的日子已经为期不远了。

六

很快一个月过去了。布哈依身上被岩角石棱荆棘划破的伤口已基本愈合，不少疤痕已重新长出茸毛，耳廓的创口和断尾的茬面上血痂也已脱落，腰椎那儿剧烈的疼痛也逐渐消失了。可是，它仍站不起来。腰椎以下的部位变得麻木，两条后腿仿佛不是长在自己身上，根本不听使唤。有两次，它一面挣扎一面吼叫，香格莉过来趴着身体钻进它的腹下，用背脊把它的后半个身体顶起

来，它的后脚爪撑着地，似乎可以站稳了，但香格莉刚刚把身体抽回去，“咕咚”，它的下半身立刻侧倒在地。

它明白了，它的下半身已经瘫痪，这辈子不可能再站起来了。它永远只能像蜗牛一样，靠两只前爪在地上慢慢爬行。它无法再去狩猎，无法再去觅食，永远成了一只废豹，靠着香格莉的供养才能活下去。

它伤心地趴在洞口，望着淡淡的残月，发出一串凄凉的哀嚎。

香格莉走过来，依偎在它身边，用舌头舔它的面颊，用柔软的颈窝摩挲它的脖子，忧郁的眼里闪烁着一片温情。它明白，香格莉是在用身体语言向它表示，尽管它变成了一只站不起来的废豹，也要同它生生死死在一起。

布哈依安静下来。温馨的安慰至少可以使它暂时忘却痛苦。

但现实是严酷的，感情再美丽，也无法使沉重的生活变得轻松些。

四只小豹崽虽已满月，却仍然跟刚出生时差不多大小。皮毛没一点光泽，就像枯黄的落叶。小眼睛勉强可以睁开，却无精打采，也不会骨碌转动，瘦得皮包骨头。有一只白耳朵豹崽，至今还站不稳。正常的小豹崽养到一个月，皮毛橘黄鲜亮得就像小太阳，肉嘟嘟、胖乎乎的，吃饱喝足后会互相搂抱着打架，会淘气地爬到父豹身上来揪弄粗壮的尾巴，会调皮地拱进母豹的臂弯和兄弟姊妹捉迷藏，窝巢里吵吵嚷嚷，永远没个安静的时候。可眼下这四只小豹崽，除了吃奶，就蜷缩着身体昏睡，从不互相逗乐，也不跟父豹母豹嬉戏，大肚子石洞整天死气沉沉，寂静得没一点儿生气。

布哈依简直不敢多看一眼自己的小宝贝。

困难接踵而来，盈江峡谷进入了雨季。亚热带没有明显的春夏秋冬四季之分，只有旱季和雨季。雨季从六月开始，差不多要持续四个月。雨水最旺的时候，天空仿佛垂挂下一道永久的雨帘，绵绵霪雨会一刻不停地连续下十几天。树林阴暗的地面疯长起一片青苔，滑得像涂了层油，追撵猎物比旱季要困难得多。再说，雨季一到，漫山遍野流淌着小溪小涧，食草动物不必再冒险到碱水塘或盈江畔去饮水，往往待在隐蔽的窝里十天半月不出来，使食肉兽无处寻觅它们的踪迹。

傍晚，香格莉冒着滂沱大雨跨出洞去，天亮时一身泥水地回来了，豹嘴空空，垂头丧气。

又是一个饥饿的日子。

香格莉的乳房明显干瘪了，像断了水源的枯泉。四只小豹崽在母豹的怀里拱了半天，只嗅闻到似有似无的一点儿乳香。

中午，那只白耳朵豹崽脖颈软软的，连头也抬不起来了，它把小脑袋歪枕在石头上，断断续续“呜呀呜呀”地发出有气无力的嘶哑叫声。香格莉用豹舌卷起一汪口水，塞进白耳朵豹崽的嘴里，白耳朵豹崽连咽下去的力气也没有了，母豹的口水又从它的嘴角滴淌下来。

布哈依知道，白耳朵豹崽活不到天黑了。

大肚子石洞阴沉沉的，像一座坟墓。

布哈依昏昏沉沉地睡着了。它也饿得难受，睡觉也许是忘却饥饿的好办法。

它一觉醒来，白耳朵豹崽已经不见了。它明白，是香格莉趁它睡熟之际，把死掉的白耳朵豹崽叼出了洞外。香格莉怕它看到活活饿死的白耳朵豹崽会伤心。

让布哈依感到有点儿奇怪的是，香格莉表情相当平静，豹眼里没有泪花，也没有向苍天发出哀嚎。有的母豹在小豹崽不幸夭折后，悲恸欲绝，会“呜噜呜噜”地彻夜嚎哭。

也许，饥饿减弱了香格莉的母性本能，或者它对痛苦已经麻木不仁了吧，布哈依想。

见它醒来，香格莉安详地踱到它身边，像往常一样，舔舔它受伤的耳廓，用前爪温柔地替它梳理着下半身的皮毛。

布哈依又昏昏沉沉地睡去。

也不知过了多久，它被一阵轻微的唏嘘声弄醒，它多了个心眼，身体没动弹，将豹眼睁开一条缝。哦，香格莉蹲在石洞口，面对着雨帘背后的苍茫群山，铜铃似的豹眼里泪光闪闪。香格莉的肩胛一阵阵抽搐，那根美丽的豹尾在地上无节奏地跳动着。对金钱豹来说，只有内心极度悲伤，心情极度压抑，才会做出这般身体动作。

布哈依明白了，香格莉并没有被饥饿耗蚀掉母性的本能。香格莉之所以在它面前表现得安详平静，跟没事一样，是为了不引起它的忧伤。香格莉独自吞下了丧失幼崽这枚生活的苦果。多么聪慧的母豹啊！

金钱豹没有人类那样发达的泪腺，流不出眼泪，只会在心里滴泪。香格莉无声地、默默地用心泪哀悼着已成为饿殍的白耳朵豹崽。

布哈依的心碎了，它撑起两只前爪，使劲扭转脖颈，一口叼住自己的腿，拼命啃咬。后腿豹毛飞扬，皮开肉绽，然而，却没有多少痛的感觉，也无法使已经麻痹的关节和神经活络起来。

七

从对面山梁传来陌生公豹第一声求偶的呼叫，布哈依就萌生出一个奇特的念头，让那只公豹进到大肚子石洞来。

对公豹来说，这是一个和死亡差不多痛苦的决定。雄性金钱豹嫉妒心极强，一只石洞容不下两只公豹。成年公豹一般以巢穴为圆心，把方圆二十来公里划为自己的猎食领地，在领地边缘显眼的大树下岩石上屙上一点儿粪便，撒上半泡豹尿，或者留下几撮豹毛，用自己的气味作为标记。其他公豹闻到气味会知趣地退避三舍。当然也有胆大妄为的家伙，尤其是在发情期，在强烈的求偶冲动下，有些强壮的单身公豹会公然闯进其他公豹的领地，于是，必然会爆发一场争偶战争。这是异常残酷的种内争斗，公豹在求偶期间特别暴躁，且都有足以置对方于死地的尖牙利爪，从没有不分胜负的时候，非要斗到其中一只公豹身负重伤、筋疲力尽、逃跑为止，一方被当场咬死的事也常有发生。布哈依在下肢瘫痪前，曾两次把对香格莉垂涎三尺的公豹咬伤并驱逐出自己的领地。

盈江峡谷的原始森林中，从来没有哪座山洞住过两只公豹一只母豹。

在巨大的生存压力下，动物往往会打破常规。

让香格莉把另一只公豹招进大肚子石洞，这等于是它布哈依还活着的时候，让妻子招婿入赘。这对布哈依雄性的自尊，无疑是一种毁灭性的打击。假如它布哈依还有其他办法能使香格莉和剩下的三只小豹崽活下去，它是决不肯这样做的。

是的，香格莉三天前叼回一只母绵羊，今天又叼回一只花斑猪崽，不仅它享了口福，香格莉也在饱餐一顿肠肠肚肚后，四只萎瘪的乳房膨胀如球，分泌出浓稠芬芳的乳汁，让三只小豹崽吃得毛色放光，眼珠子骨碌骨碌转，那只黑尾豹崽还破天荒地爬到它背上来撒欢。大肚子石洞里有了些许生气，表面看，生存危机似乎已经过去了。但布哈依心里十分清楚，阴云仍然笼罩在大肚子石洞中，而且由灰色变成了黑色。

香格莉叼回的母绵羊和花斑猪崽，有一股人间烟火的气味，是人类饲养的家畜。单从捕猎角度看，绵羊和家猪比起野羊和野猪来，脾气更温顺，从来就不晓得什么叫反抗。绵羊头上的角几乎就是一种摆设，更何况母绵羊头上还不长角，家猪没有獠牙，只长膘不长力气。用木棚栏围起来的羊圈和猪厩，也难不倒善于跳跃的金钱豹。不需要穷追猛撵，不需要厮杀搏斗，豹子只要张开嘴喷出一团腥臊的气味，就能把绵羊和家猪熏倒，比到森林里捡腐尸还容易些。然而，包括孟加拉虎在内的森林里所有食肉猛兽，不到万不得已都不敢去盖着一幢幢茅寮竹楼的村寨里捕捉绵羊和家猪，尽管它们的肉味比起野羊和野猪来鲜嫩得多。只有对生活已完全绝望，已无法在森林里捕获到野味，抱着过一天算一天的想法的病豹、残豹和老豹，才会铤而走险，去光顾羊圈猪厩。

捕杀人类饲养的家畜就等于触犯了人类的尊严，人类绝不会善罢甘休的，布哈依深深觉得真正的百兽之王其实不是孟加拉虎，而是直立行走的人。无论天上飞的、水里游的、陆上走的，凡被人睿智的眼睛盯上了，就无法逃脱被擒杀的厄运。人手中握有会喷火闪电的猎枪，豢养着可以和豺狼媲美的牧羊犬，还有金丝活扣、捕兽铁夹、吊索、套环、陷阱等稀奇古怪、名目繁多的工具。任你是狡诈的狐狸、残忍的豺狼、勇猛的虎豹、凶蛮的象群，都不是人的对手。那些铤而走险窜进羊圈猪厩去的金钱豹，无一例外，最后都死在霰弹或毒弩下，豹皮被剥下来做垫褥，豹骨被敲碎了做药酒。无数豹用鲜血换来了这样一条教训：除非想找死，千万别去招惹用两脚直立行走的人！香格莉去叼绵羊和家猪，等于玩火自焚，在向火坑里跳。

布哈依知道，香格莉是为了让小豹崽不再饿死，也是为了让它不再靠整日昏睡来对付饥饿，才冒着九死一生的危险闯进村寨农舍的。

这无疑是饮鸩止渴。

布哈依咀嚼着鲜嫩的羊肉和猪肉，却嚼出了满嘴苦涩。它宁肯吃散发着恶臭的腐尸，也不愿吃这鲜活的绵羊和花斑猪崽。

除非有其他猎食办法，香格莉是无法停下这表面看来简单宜行的盗杀家畜的勾当的，直到死在猎人黑森森的枪口下。

死期不会太遥远的。不管香格莉多么小心谨慎地在雨夜潜行，多么机警灵活地实施偷袭，猎人终究会发现它的踪迹，或者扔下毒饵，或者埋设尖桩，安置下让香格莉防不胜防的圈套。

它布哈依下肢瘫痪，连最笨拙的豪猪也追撵不上。

哪一天香格莉一去不复返了，它和三只小豹崽就会活活饿死在大肚子石洞里。

它不能眼睁睁看着香格莉去送死，更不忍心看着三只宝贝小豹崽变成三具骷髅。

唯一的办法，就是把一只陌生的公豹招进大肚子石洞。香格莉有了猎食的伴侣，就能在森林里捕获到崖羊和野猪，也就不会再窜到飘着炊烟的村寨农舍去冒险了。

对面山梁上那只公豹的叫声越来越频繁，越来越高亢，寂寞在寻找慰藉，孤独在寻找爱侣。

石洞外还在下着淅淅沥沥的小雨，陌生公豹求偶的叫声和着流水的音韵。发情期中的公豹都有点儿傻，哪管山高路险，哪管风雨雷电。

布哈依用两只前爪搭在香格莉的后腰上，使劲朝洞口推搡，陌生公豹求偶的叫声清晰洪亮地传进香格莉的耳膜，兴许也有一声半声流进心田。

一开始，香格莉用惊奇困惑的眼光望着它。等到明白了它的苦衷和心曲后，又忸怩着不肯朝对面山梁发出回应的呼唤，布哈依用拒绝进食的办法执拗地坚持着自己的主张。

终于，香格莉翘着尾巴，站在洞口，“嗷嗬唷，嗷嗬唷”，朝对面山梁送去一串羞涩的叫声。

毕竟，能活下去是最重要的。

布哈依心里一阵刀剜似的绞痛。

八

洞口那片白光赫然映现出一只公豹的身影。矫健的躯体，金红的皮毛，立体感很强的金钱斑纹，肌腱饱满的四肢，神气十足的唇吻，表明这家伙正处在生命的黄金阶段。它在洞口抖了抖身体，将满身的雨水“唰唰”地抖落干净，豹皮霎时变得油光水滑。

看来，这家伙对香格莉是很满意的，瞳仁里闪烁着热情，痴痴地望着香格莉富有雌性魅力的细腰宽臀，一副心满意足的神态。

香格莉似乎对这匹金红公豹也有些好感，紫黛色的唇吻间洋溢着一片温柔。

还在香格莉朝对面山梁送去羞涩的叫声时，布哈依就知趣地缩到洞底一个阴暗的角落，闷声不响地躺卧着。

“欧呜”，金红公豹对香格莉亲昵地叫一声。

香格莉本来是站在洞中央的，朝边上挪了挪，露出身后在山茅草卷成的窠里嬉闹的三只小豹崽。

布哈依在暗中注视着金红公豹的反应。金红公豹眼睛里闪过一丝遗憾，但很快甩了甩脑壳，把遗憾甩出了石洞。金钱豹不像人类那么重视血缘关系。它缓慢地走到小豹崽面前，伸出舌头在每只小豹崽的脊背上舔了一下，表达自己乐意做没度过蜜月的父豹。

连布哈依都有点儿感动了，大肚子石洞里最需要的就是理解和同情。

香格莉长长的豹尾竖直在空中，划动着没有棱角也没有裂痕的圆圈。

金红公豹开始打量石洞内的地形。布哈依感觉到一道锐利的目光射在自己身上。它赶紧把身体再往角落里缩缩，把自己蜷得更渺小些。

现在可不是逞威风、争意气的时候。

“欧——”，石洞里爆响起一声惊讶愤慨的豹吼。吼声尖厉嘹亮，震得石洞嗡嗡作响。随着吼叫声，金红公豹倏地一下跳到洞口，龇牙咧嘴，摆出一副同类争偶跳跃欲扑的架势。

唉，假如它布哈依还能站得起来，怎么可能让这家伙踏进大肚子石洞一步呢？它撑起前肢，吃力地朝前爬了一步，露出已萎缩得变了形的后肢。豹也有羞耻心，把自己身上的丑陋拿出来亮相，痛苦得就像百蛇缠身，但只有消除误会才谈得上和平共处哇！

金红公豹的目光在它身上来回打量了一阵，收起了扑跃的架势，但仍极不友好地朝它频频嚎叫。

这是它布哈依意料中的事。同性相斥，金红公豹不可能会喜欢它，只要能勉强容忍它的存在就已经很不错了。

它将两只前爪趴伸，身体平平地贴在地面，豹嘴埋进石缝，发出驴叫似的悠长的啸声。这是金钱豹家族一种特殊的身体语言，就像人类将两手高高举过头顶，向对手承认自己的窝囊无能一样，以求得到宽恕。

它已经是只废豹，对生活不抱什么希望。它只希望香格莉免遭猎人屠杀，只希望三只豹崽平安长大。它不会妨碍金红公豹的。捕获到崖羊，它只要能啃啃骨多肉少的羊头就心满意足了。大肚子石洞宽敞得很，即使再养一窝豹崽也不会显得拥挤。再说，它会很识相地整天蜷缩在洞底阴暗潮湿的角落，中央位置永远属于有能力抚养后代的金红公豹。

金红公豹厌恶地朝它摆甩着豹尾。

它委屈地呜咽着。其实，它的存在对这个家庭也不完全是无用的累赘。不管是眼下的三只豹崽，还是将来可能会有的新生豹崽，它都能担当起看护的责任。金红公豹和香格莉双双外出狩猎，不用担心石洞里毫无防卫能力的小豹崽会发生什么意外；它堵在石洞口，起码可以吓退豺狗和大山猫。

金红公豹用鄙夷、憎恨的眼光望着它，突然蹿到它面前，发出恶狠狠的短促吼叫，抬起一只前爪在它前额又撕又拍，做出驱赶状。

看来，金红公豹不能容忍它的存在，非把它赶出大肚子石洞不可。

一股热血涌上它的脑门。它虽然残废了，到底还是一匹有血性的公豹。到底谁才是大肚子石洞的主人呀？到底谁驱逐谁呀？别欺豹太甚！它用一只前爪撑住沉重的身体，腾出另一只前爪作撕抓状，张开豹嘴，露出满口结实的牙齿，准备啃咬。它绝不会轻易让出这个本来就属它的大肚子石洞，除非把它的尸体叼出去。它沉郁地吼叫一声，显示自己的雄性气概。

金红公豹眼光变得阴沉，隐含着杀机。

香格莉发疯般地在石洞里蹿来跳去，喉咙深处发出一串“咕噜咕噜”的含混不清的声音，不晓得是在咒骂谁。

布哈依突然间心软了，高高撑起的头颅又耷拉在地。和金红公豹撕咬一场又有什么意义呢？它被赶出大

肚子石洞去当然是死路一条，但和金红公豹格斗起来也绝不会有生的希望。它不在乎自己怎么个死法，可香格莉目睹它死在金红公豹的爪牙下，会怎么想？极有可能，香格莉一怒之下会把金红公豹驱逐出洞，这个新的豹家庭还没结合就又反目成仇闹分离了。就算香格莉出于养活三只小豹崽考虑，理智地抑制住悲痛，容忍金红公豹留下来，但金红公豹的爪牙间沾着它布哈依的豹血，它们之间的感情还能顺溜吗？自己能忍心给香格莉的新生活蒙上一层永远也驱散不尽的阴影吗？

罢罢罢，权当自己从来没在这世上活过。

布哈依两只前爪抠住粗糙的地面，将身体慢慢挪到洞口，又艰难地挪出洞外。雨丝被风吹斜了，像团理不清的乱麻。它一直往前爬，草地被它拖出一条长长的泥痕。它不知道要到哪里去，哪里都不可能有它这只残废豹的活路。

它才爬出几十米远，背后大肚子石洞里突然响起香格莉怒不可遏地咆哮，金红公豹也受惊似的吼叫起来，之后又传来两只豹相扑撕咬的声音。它扭身望去，洞口像张巨兽的嘴，吐出一片金红色。哦，是金红公豹。这家伙满脸困惑，神色仓皇，从大肚子石洞里逃也似的跑出来，“呜呜”哀嚎着，钻进一片牛毛细雨中。

香格莉跟出洞来，但没去追金红公豹，而是径直来到它面前，用唇吻在它豹脖、豹额、豹脸上长时间地摩挲，像是在道歉，又像是在安抚它受伤的心。

它明白了，香格莉舍不得它孤独地爬出石洞，寂寞地爬向死神。在它爬出石洞后，香格莉凶狠地将金红公豹驱赶出了家。

香格莉到底是偏袒自己的，它想，一股暖流涌进它冰凉的豹心。

香格莉满脸是水，分不清是雨水还是泪水。

深箐里传来金红公豹迷惘的怪声吼叫。

九

这是雨季里一个难得的晴天。一束明丽的阳光照进石洞，把洞内晒得暖融融。

香格莉为觅食在外面奔波了一夜，太辛苦了，给小豹崽喂过奶后，很快就睡熟了。

是时候了，布哈依想。它将指甲藏进爪鞘，用掌垫抠住石缝，一寸一寸朝洞口爬去。慢是太慢了，比蜗牛还不如，却不会发出一丝声响。

经过三只小豹崽身边，它深情地在每个小宝贝额上舔了舔。但愿它们长大后，永远也不要遭遇可怕的象群。

洞外的阳光刺得它有点儿睁不开眼，每一片树叶都被雨水洗得翠绿发亮，草地被泡得酥软酥软。

它不能再耽搁了，必须离开石洞。就在昨天夜里，香格莉又摸到村寨的马棚去叼小马驹，一颗子弹迎面飞来，烫焦了它额顶的一撮豹毛。好险啊，只要枪口稍稍往下压一点儿，香格莉就头颅洞穿、脑浆迸流、呜呼哀哉了。

它离开了，香格莉才会停止这疯狂的冒险。

离开大肚子石洞，布哈依毫不犹豫地向草深林密的金竹坪爬去。它早就想好了自己最后的归宿。金竹坪有一窝野猪，对金钱豹来说，野猪肉自然是上等的食物，尤其是四只胖乎乎的猪娃子，嫩得一进豹嘴就化成水了。在它还没被象群踩断脊椎前，它就打过这窝野猪的主意。可是，母野猪看护得很紧，几乎寸步不离猪娃。特别让它恼火的是，有一头背脊上长着刚硬的鬃毛、尖尖的嘴巴里翻出四对獠牙的公野猪，同母猪和猪娃生活在一起。森林里有一种说法：“头熊二猪三虎。”公野猪确实不好惹，脾气暴烈得像拼命三郎，遇见对手会不问青红皂白地飞奔上去，又尖又长的獠牙能刺穿大象的肚皮。盈江峡谷曾不止一次地发生过虎或豹被横蛮的公野猪纠缠不放，最后同归于尽的惨剧。所以，尽管金竹坪与大肚子石洞相距不远，尽管对香喷喷的野猪肉垂涎三尺，它也没敢动真格儿的。

现在好了，同归于尽，对它来说，是最美妙的结局。

它离开大肚子石洞，没法活下去。它不可能改变食肉的本性，靠吃草来维系生命，或许它还能靠挖掘蚯蚓活上十天半月。它是生性高傲的公豹，与其像只老鼠似的苟延残喘，还不如去死。这还不是它迎着狰狞的野猪獠牙爬去的全部理由。它不可能爬到天涯海角，香格莉一觉醒来，发现它不在洞里，必定会出来寻找。它瘫痪的下肢在被雨水浸泡过的草地上留下无法掩盖的痕迹，它躲藏不掉，只有死亡才能使香格莉彻底绝望，只有死亡才能割断缠绵的感情。

前面就是金竹坪了。野猪窝就筑在两块巨石之间一条宽敞的石缝里。它不需要费脑筋去玩什么突然袭击、声东击西之类的把戏，它只要径直地朝野猪窝爬去就行了，公野猪嗅闻到它的气味，会主动朝它扑过来的。

它快爬出金竹林了，前面是一览无余的乱石滩。它停顿了一下。不管怎么说，生命总是值得留恋的。它凝望着起伏的山峦和白云飘浮的蓝天。

身后的山梁传来几声豹吼。是金红公豹，这家伙当然不会死心的。要是换了它布哈依，也同样会对香格莉一见钟情，梦萦魂绕。雌豹美丽的容貌，总是对公豹具有不可抗拒的吸引力。哦，放心大胆地去大肚子石洞找香格莉吧，最后的障碍马上就要排除了。

它不喜欢金红公豹，可它也并不恨金红公豹。说到底，金红公豹不肯容忍它留在大肚子石洞里，是出于雄性嫉妒的天性，并不是什么大错。一只石洞里容不下两只公豹，这古老的传统，改也难。

它爬进乱石滩，巨石底下传来猪娃“吱吱”的叫声，还有公野猪粗鲁的喘息声。

香格莉找到它血肉模糊的尸体，当然会悲恸一阵，但很快就会平静下来。毕竟，活着的比死去的重要得多。用不了几天，香格莉就会把金红公豹接纳进大肚子石洞。这瞒不过它布哈依的眼睛。就在今天清晨，香格莉正在洞里啃着一条马驹腿，对面山梁突然响起金红公豹抑扬顿挫的吼叫声，它看见，香格莉身体颤抖了一下，马驹腿从嘴里掉了下来。金红公豹穿透力极强的求偶叫声，钻进了香格莉的心怀，震掉了马驹腿。这没什么可奇怪的，健全的体魄、旺盛的生命力、炽热的情怀和出色的抚养后代的能力，当然是有魅力的。

公野猪像股腥味极浓的黑色飓风朝它飞过来。

它只有一个希望，金红公豹能尽职尽责地承担起父豹的责任，给三只小豹崽提供充足的食物，教它们爬树，教它们狩猎，教它们怎样在弱肉强食的亚热带丛林中更好地生存下去。

公野猪扑到它身上来了。刚硬的猪鬃像箭镞一样，扎伤了它的豹眼。这家伙好大的力气，撞得它四仰八叉。獠牙钻透了它的肚皮，它温热的身体变得异常凉快。它用两只前爪抱住丑陋的猪头，冷不防咬住公野猪的颈窝，任凭公野猪把它的身体撕成碎块，再也没有松口。

公野猪足足有三百斤重，这身膘肉，足够香格莉做丰盛的婚宴了。还有不长獠牙的母野猪和四只猪娃，失去了公野猪强有力的护卫，也会变成香格莉一笔可观的活期食物储蓄，饥荒时，随时可设法来提取。

公野猪喉管发出断裂的脆响，滚烫的猪血溅了它一脸。它在弥留之际还是感觉到了。

太阳高高地挂在碧蓝的天空，这是雨季里一个难得的晴天。

5 太阳鸟和眼镜王蛇

TAIYANGNIAO HE YANJINGWANGSHE

太阳鸟是热带雨林里一种小巧玲珑的鸟儿，从喙尖到尾尖，不足十厘米长，叫声清雅，羽色艳丽，赤橙黄绿青蓝紫，像是用七彩阳光编织成的。每当林子里灌满阳光的时候，太阳鸟便飞到烂漫的山花丛中，以每秒八十多次的频率拍扇着翅膀，身体像直升飞机似的悬停在空中，将长长的细如针尖的喙刺进花蕊，吮吸着花蜜。

曼广弄寨后面有条清亮的小溪，溪边有一棵枝繁叶茂的野芒果树，就是太阳鸟的王国，上面住满了太阳鸟。几乎每一根横枝上，相隔数寸，就有一只用草丝和黏土为材料做成的结构精巧的鸟巢。早晨，它们集队外出觅食时，天空就像出现了一道瑰丽的长虹；黄昏，它们栖落在枝丫间啄着晶莹的溪水梳理羽毛时，树冠就像一顶彩色的帐篷。

那天下午，我栽完秧到溪边洗澡。正是太阳鸟孵卵的季节，野芒果树上鸟声啁啾，雄鸟飞进飞出，正忙着给孵在窝里的雌鸟喂食。

我刚洗好头，突然听见野芒果树上传来鸟儿惊慌的鸣叫。我抬头一看，差点儿吓掉了魂，一条眼镜王蛇正爬楼梯似的顺着枝丫爬上树冠。眼镜王蛇可以说是森林里的大魔头，体长有三四米，颈背部长着一对白环黑心的眼镜状斑纹，体大力强；在草上爬起来疾走如飞，只要迎面碰到有生命的东西，就会毫不迟疑地主动攻击，别说鸟儿兔子这样的弱小动物，就是老虎豹子见到了，也会退避三舍。人若被眼镜王蛇咬一口，得不到救治，一小时内必死无疑。

我赶紧躲在一丛巨蕉下面，在蕉叶上剜了个洞，偷偷窥视着。

眼镜王蛇爬上高高的树丫，蛇尾缠在枝杈间，挺起蛇头，将鲜红的蛇芯子探进一只只鸟窝，自上而下，逐个吸食着鸟蛋。椭圆形的晶莹剔透的小鸟蛋就像被一股强大的吸力所牵引，排好队一个接一个地“咕噜咕噜”向上滚动，顺着细长的蛇芯子滚进蛇嘴里去，那轻松劲儿，就仿人在用吸管吸食酸奶。

所有正在孵卵的太阳鸟都涌出巢来，在外觅食的雄鸟也从四面八方飞拢来，越聚越多，成千上万，把一大块阳光都遮断了。有的擦着树冠飞过来掠过去，有的停在半空怒视着正在行凶的眼镜王蛇，“叽叽喳喳”地惊慌哀叫着。

唉，可怜的小鸟，这一茬蛋算是白生了，我想，这么娇嫩的生命，是无法跟眼镜王蛇对抗的；它们最多只能凭借会飞行的优势，躲在安全的距离外，徒劳地谩骂，无用地抗议而已。唉，弱肉强食的大自然是从不同情弱者的。

眼镜王蛇仍美滋滋地吸食着鸟蛋，对这么大一群太阳鸟摆出不屑一顾的轻蔑神态。鸟多算什么，一群不堪一击的乌合之众！

不一会儿，左边树冠上的鸟巢都被扫荡光了，贪婪的蛇头又转向右边的树冠。

就在这时，一只尾巴叉开、像穿了一件燕尾服的太阳鸟，本来停在与眼镜王蛇平行的半空中，突然就升高了，“嘀——”长鸣一声，一敛翅膀，朝蛇头俯冲下去。它的本意肯定是要用尖针似的细细的喙去啄蛇眼的，可当它飞到离蛇头还有一米远时，眼镜王蛇突然张开了嘴！好大的嘴哟，可以毫不费劲地一口吞下一只椰子，黑咕隆咚的嘴巴里，似乎还有强大的磁力，叉尾太阳鸟翅膀一偏，身不由己地一头撞进蛇嘴里去了。

我不知道那只叉尾太阳鸟是怎么敢以卵击石的，也许它天生就是一只勇敢的鸟儿，也许那是一只雌鸟，正好看到眼镜王蛇的蛇芯子探进它的巢，出于一种母性护巢的本能，为了自己辛辛苦苦产下的几枚蛋免遭荼毒，才与眼镜王蛇以死相拼。

救不了它的卵，反而把自己也给赔了进去，真是可悲，我想。

然而，众多的太阳鸟好像跟我想得不一样，叉尾的行为成了一种榜样，一种表率，一种示范。在叉尾被蛇嘴吞进去的一瞬间，一只接一只鸟儿升高又俯冲，朝丑陋的蛇头扑去。这自然也是飞蛾扑火，自取灭亡，它们无一例外地被吸进深渊似的蛇腹。眼镜王蛇大概生平第

一次享受这样的自动进餐，高兴得摇头晃脑，蛇芯子舞得异常热烈兴奋，好像在说："来吧，多多益善，我肚子正好空着呢！"

在一种特定的氛围里，英雄行为和牺牲精神是会传染蔓延的。几乎所有的太阳鸟都飞聚到眼镜王蛇的正面来，争先恐后地升高，两三只一排连续不断地朝蛇头俯冲扑击，洞张的蛇嘴和天空之间，好像拉起了一根扯不断的彩带……

我没数究竟有多少只太阳鸟填进了蛇腹，也许有几百只，也许有上千只。渐渐的，眼镜王蛇瘪瘪的肚皮鼓起来，就像长了一个巨大的瘤。它大概吃得太多也有点儿倒胃口了，或者说肚子太胀不愿再吃了，就闭起了蛇嘴。说时迟，那时快，两只太阳鸟扑到它脸上，尖针似的细长的喙啄中了玻璃球似的蛇眼。我看见，眼镜王蛇浑身颤动了一下，颈肋倏地扩张，颈部像鸟翼似的蓬张开来。这表明它被刺疼了，被激怒了。眼镜王蛇“唰”地一抖脖子，一口咬住胆敢啄它眼珠子的那两只太阳鸟，示威似的朝鸟群摇晃。

太阳鸟并没被吓倒，反而加强了攻击，三五只一批，像下雨一样降到蛇头上去。它们好像晓得没有眼睑因而无法闭拢的蛇眼是蛇身上唯一的薄弱环节，专门朝两只蛇眼啄咬。不一会儿，眼镜王蛇眼窝里便涌出汪汪的血，它终于有点儿抵挡不住鸟群奋不顾身的攻击了，合拢颈肋，收起了嚣张的气焰，蛇头一低，顺着树干想溜下树去。一大群太阳鸟蜂拥而上，盯住蛇头猛啄。眼镜王蛇的身体一阵阵抽搐，好像害了羊痫风，蛇尾一松，从高高的树冠上摔了下来，“咚”的一声，摔得半死不活。密匝匝的鸟群也跟着轰地降到低空，许多鸟儿扑到蛇身上。我看不到蛇了，只看得到被鸟紧紧包裹起来的一团扭滚蹦跶的东西。随着眼镜王蛇挣扎翻滚，一层层的鸟被压死了，又有更多的鸟前仆后继地俯冲下去……

终于，狠毒凶猛得连老虎豹子见了都要退避三舍的眼镜王蛇，像条烂草绳般的瘫软下来了。

地上，铺了一层死去的太阳鸟，五颜六色，就像下了一场花雨。

哦，美丽的太阳鸟，娇嫩的小生命，勇敢的小精灵。

动物小说大王沈石溪
作品获奖记录

《第七条猎狗》(短篇小说)

中国作家协会首届全国优秀儿童文学奖

《退役军犬黄狐》(短篇小说)

第六届陈伯吹儿童文学奖

《狼王梦》(长篇小说)

台湾第四届杨唤儿童文学奖

第二届全国少年儿童优秀图书一等奖

《一只猎雕的遭遇》(长篇小说)

中国作家协会第二届全国优秀儿童文学奖

《天命》(短篇小说)

1992年海峡两岸少年小说、童话征文佳作奖

《象母怨》(中篇小说)

首届冰心儿童文学新作奖大奖

《残狼灰满》(中篇小说)

首届《巨人》中长篇奖

《沈石溪动物小说自选集》(中短篇小说集)

第三届冰心儿童图书奖

《红奶羊》(中篇小说集)

中国作家协会第三届全国优秀儿童文学奖

《狼王梦》《第七条猎狗》(中短篇小说集)

台湾 1994 年“好书大家读”优选少年儿童读物奖

《第七条猎狗》(短篇小说集)

台湾“中国时报”1994 年度十佳童书奖

《保姆蟒》(短篇小说集)

1996 年台湾金鼎奖优良儿童图书推荐奖

《狼妻》(短篇小说集)

台湾 1997 年“好书大家读”年度最佳少年儿童读物奖

《宝牙母象》(中篇小说)

第十一届中国图书奖

《牧羊豹》(短篇小说集)

台湾 2000 年“好书大家读”年度最佳少年儿童读物奖

《刀疤豺母》(长篇小说)

第十三届中国图书奖

《鸟奴》(长篇小说)

中国作家协会第六届全国优秀儿童文学奖

《藏獒渡魂》(中短篇小说集)

2006 年冰心儿童图书奖

《斑羚飞渡》(短篇小说集)

国家新闻出版总署 2007 年向青少年推荐百部优秀图书

《狼王梦全本》《狼世界》(中短篇小说集)

国家新闻出版总署 2008 年向青少年推荐百部优秀图书

图书在版编目（CIP）数据

情豹布哈依 / 沈石溪著. —北京：北京理工大学出版社，2019.5
（动物小说大王沈石溪·致敬生命书系）
ISBN 978-7-5682-6895-0

Ⅰ.①情…　Ⅱ.①沈…　Ⅲ.①儿童小说－中篇小说－中国－当代
Ⅳ.①I287.45

中国版本图书馆CIP数据核字（2019）第054190号

出版发行 / 北京理工大学出版社有限责任公司
社　　址 / 北京市海淀区中关村南大街5号
邮　　编 / 100081
电　　话 / (010) 68914775（总编室）
(010) 82562903（教材售后服务热线）
(010) 68948351（其他图书服务热线）
网　　址 / http://www.bitpress.com.cn
经　　销 / 全国各地新华书店
印　　刷 / 保定市鑫宇印刷有限公司
开　　本 / 880毫米×1230毫米　1/32
印　　张 / 6
字　　数 / 54千字
版　　次 / 2019年5月第1版　2019年5月第1次印刷
定　　价 / 29.80元

责任编辑 / 赵兰辉
文案编辑 / 史添翼
责任校对 / 周瑞红
责任印制 / 施胜娟